威 尔 斯 科 幻 小 说 集

H. G. WELLS

[英]H.G.威尔斯/著 张建民/译

THE TIME MACHINE

时间机器

大连理工大学出版社
Dalian University of Technology Press

图书在版编目（CIP）数据

时间机器 /（英）赫伯特·乔治·威尔斯（H. G. Wells）著；张建民译．— 大连：大连理工大学出版社，2018.9（2020.7重印）
（重读经典·科幻大师作品集 / 许钧，吴文智主编．威尔斯科幻小说集）
ISBN 978-7-5685-1423-1

Ⅰ．①时… Ⅱ．①赫… ②张… Ⅲ．①科学幻想小说—英国—现代 Ⅳ．①I561.45

中国版本图书馆CIP数据核字（2018）第084812号

时间机器

SHIJIAN JIQI

大连理工大学出版社出版

地址：大连市软件园路80号　　邮政编码：116023

发行：0411-84708842　邮购：0411-84708943　传真：0411-84701466

E-mail:dutp@dutp.cn　　URL:http://dutp.dlut.edu.cn

临沂圣贤印刷有限公司印刷　　大连理工大学出版社发行

幅面尺寸：130mm×185mm　印张：4.875　字数：84千字

2018年9月第1版　　2020年7月第3次印刷

责任编辑：于建辉　田中原　　责任校对：李宏艳

封面设计：奇景创意

ISBN 978-7-5685-1423-1　　定价：18.00元

目录

生命因阅读经典更精彩

——《重读经典·科幻大师作品集》序

记得在三年前，有几位记者朋友来我家，说要看我的藏书。我和他们说，我的书不是拿来藏的，是用来读的。书架是开敞式的，架上的每一本书都像我的朋友，我都触摸过，阅读过，与之交流过，大部分书上还留下了我写下的或长或短的心得与体会。我喜欢读哲学，因为哲学探究人何以为人；我也喜欢读历史，因为历史阐明人何以成其为人；我更喜欢读文学，因为文学给人启迪，指明人何以丰富人生。昆德拉在《不能承受的生命之轻》中有一句话，说人生“没有草图”。无论精彩与否，人生都只有一次，不能重来。那么，如何了解人生，领悟人生，创造人生，让有限的人生活出无限的精彩呢？

回望走过的人生之路，我发现自己命中与书有缘：读书，教书，译书，编书，写书，评书。人生之精彩，各有各的理解与领悟，况且在技术高度发展的今天，人生在现实世界与虚拟世界中仿佛拥有了丰富的双重性，导向了无限的疆域。我的生命之花的确因书而绽放。我爱书，尤其爱经典。经典不应该是供奉在殿堂里的“圣经”，而应在阅读、理解与阐释中敞开生命之源。经典是读出来的，常读常新，在阅读与阐释中生成永恒的生命之流。

因为爱经典，所以我读经典，译经典。我译过雨果的《海上劳工》，巴尔扎克的《贝姨》与《邦斯舅舅》，参加翻译过普鲁斯特的《追忆似水年华》，还翻译过已然成为经典的当代作家昆德拉的《不能承受的生命之轻》与诺贝尔奖得主勒·克莱齐奥的《沙漠》与《诉讼笔录》。我还组织翻译“法国文学经典译丛”，主编法国浪漫主义大师《夏多布里昂精选集》以及已经进入法国文学殿堂的著名作家杜拉斯十五卷本的《杜拉斯文集》。在经典的阅读与翻译中，我得到了双重收获：一是经典滋养着我的人生；二是通过我的翻译与阐释，也在参与经典的创造。为此，我说过一句话：阅读参与创造，翻译成就经典。

正是基于这样的认识，我和老朋友吴文智先生经过多次交流，商定依托我主持的中华译学馆，组织全国优秀的翻译力量，译介一套《科幻大师作品集》，向广大读者倾心推荐威尔斯、凡尔纳、阿西莫夫等科幻文学大家的作品，一起重读科幻文学经典，让科学与幻想互动，拓展我们的想象世界，丰富我们的现实人生。有学者评论说：“科幻历来有两大经典主题，一为星际旅行，一为生命智能。前者以宇宙为舞台，拓展人类生存空间的广度；后者以人为核心，探索生命自身生存的意义。”循着这两大主线，我们也许可以更好地把握科幻文学的发展脉络，但在不同的科幻大师的笔下，会呈现出异样的精彩与深刻。我一直觉得，只要人类有梦想，文学就不会死。重读科幻文学经典，放飞想象，拓展生命的空间，相信你的人生会闪现出属于你的精彩光芒。

许 钧

2018 年春

现代科幻文学的奠基者

——赫伯特·乔治·威尔斯

自1818年《弗兰肯斯坦》[1]问世以来，科幻文学已经整整走过了200个年头。200年来，科幻文学从由浪漫主义催生的科学传奇逐步转变为由现实主义启发的现代科幻文学。作为将科幻文学由浪漫主义过渡至现实主义的一代大师，赫伯特·乔治·威尔斯自创作以来便在其别具一格的作品中融入对社会与科学的深刻思考，因而无论是在主流文学领域还是在科幻文学领域，都有着令人惊叹的成就与地位。在主流文学领域，威尔斯曾先后四次获得诺贝尔文学奖提名，与阿诺德·贝内特、约翰·高尔斯华绥并称作“20世纪英国现实主义文学三杰”。在科幻文学领域，威尔

1 1818年，英国作家玛丽·雪莱出版了《弗兰肯斯坦》，该书被誉为第一部科幻小说。

斯被称为“科幻小说界的莎士比亚”，与儒勒·凡尔纳并称作“科幻大师中最闪亮的双子星”。

一

走进威尔斯

1866年9月21日，威尔斯出生于伦敦城外东南部的肯特郡。父亲约瑟夫是一位园丁，同时也是一名职业板球手，后靠经营一家小店为生；母亲莎拉是一家名为“上花园”宅邸里贵妇人的女佣。父母低微的社会地位和童年清贫的生活使威尔斯深切体会到底层社会的艰辛。

7岁那年，威尔斯意外跌断了胫骨。在养病期间，他在酷爱阅读的父亲的影响下养成了阅读的习惯。同年，威尔斯进入小学学习，阅读的兴趣伴随着他进入接下来的学生时代。10岁时他开始对写小说、画插画产生了浓厚的兴趣。

1877年，他的父亲在一次意外事故中成了跛子。这次事故产生的高额医药费使一家人的生活变得愈发艰难，家庭的收入越来越不足以支付孩子们的读书费用。两年后，13岁的威尔斯便早早进入社会谋生。

1880—1881年，威尔斯先后做过布店伙计、药店学徒、信差和小学助教，但都没做多久就被辞退。被辞退后，威尔斯便来“上花园”投靠母亲。而他就是利用在“上花园”这短短的接触上层社会的时间，琢磨出了使用望远镜观测天体的方法，并通过宅邸丰富的藏书，阅读了诸如伏尔泰的散文、斯威夫特的《格列佛游记》以及柏拉图的《理想国》等对其后来思想及文学创作具有启发作用的名家名著。在这期间，威尔斯还接受了不系统的教育，在一所中学寄读，以高于同龄人的禀赋学习了各种基础科学知识。

1883 年，在最后一次做学徒后没多久，威尔斯想重回校园当助教。他曾经寄读的那所中学的校长很欣赏威尔斯，主动给他提供了职位。在当助教期间，威尔斯既是教员又是学生。在校长的热心协助下，他仅仅用了两年时间，便修习了文学、数学、地质学、无机化学、物理学、天文学、人类生理学、植物生理学等学科，不但通过了考试，还获得了奖学金。

就在优异的成绩换来奖学金的回报时，英国教育部门下发了一则通告：集合各地科学教员，统一组织到科学师范学校（后来的英国皇家科学院）的“教师训练班”进行培训，以提高其素质。当时这所学校恰好有一定的免费生名额，且每人每星期还能得到生活补助。对于一直在贫困中挣扎的威尔斯来说，这是一次从底层社会翻身的契机。

1884 年，18 岁的威尔斯顺利进入科学师范学校学习。这一年最令他兴奋的是他的生物学教师由大名鼎鼎的“达尔文斗士”托马斯·赫胥黎担任。在自传中，威尔斯曾饱含钦佩地回忆道：

“他用一种清晰而坚定的声音讲解着，不慌不忙，也不踌躇，不时转身在后边黑板上画些图解。在他继续讲之前，常常要把手指间的粉笔灰拂得干干净净，他是颇有洁癖的……由赫胥黎任教的生物学课程，在性质上是纯粹而精确地属于科学的。他除了充实、研究、完成在他范围内的知识以外，没有其他（如经济利益上的）目的……”[1]

然而，之后两年所修的物理学、地质学课程，由于教师授课的枯燥乏味，威尔斯的学习热情消耗殆尽，他将这种热情逐步转移到了创作上。在一次学生辩论会上，威尔斯偶然听到一个关于四维时空的宇宙理论的新观念，这对于当时的物理学宇宙观可谓一种新见解。他把握住了这种思想，在将其作为《时间机器》的理论设定基础之前，尝试着写了一篇题为《刚性宇宙》的思辨性论文。在大学期间，他还创办并主编了名为《科学学派杂志》的刊物。在1887年的学年测验中，他因地质学成绩不及格，没能在当年拿到学位，只好放弃学业回去教书。在教书期间，威尔斯曾试图锻炼瘦弱的身体，却伤病不断。他在一次足球比赛中遭到撞击，导致肾破碎和肺出血，被迫辞去了教职。在接下来的一段时间，威尔斯静心休养，并全身心投入写作。

1888年，受纳撒尼尔·霍桑的作品《红字》的影响，威尔斯在《科学学派杂志》上连载了一部名为《时空长河中的寻金羊毛者》的小说，这就是他的成名作《时间机器》的前身。

1 H.G.Wells. 韦尔斯自传 . 方土人，林淡秋，译 . 上海：光明书局，1933.

1890 年，威尔斯通过了伦敦大学的考试，被授予理学学士学位。随后，他开始在大学函授学院教书，并尝试着给期刊与报纸投稿。他的《独特之物的重新发现》一文很快经由一个名叫弗兰克·赫里斯的编辑发表到了《半月评》上。威尔斯深受鼓舞，于是乘胜追击，将《刚性宇宙》一文寄出，并很快被赫里斯主动约见。赫里斯言辞激烈地表达了对《刚性宇宙》所涉及的四维时空理论的费解，并将论文底稿就此销毁。直到 1894 年，当赫里斯成为《星期六评论》主编后才回忆起那篇稿件的价值，又悔不当初地向威尔斯约稿，并使其成为期刊的长期撰稿人之一。

这一阶段的威尔斯除了教师的身份外，还成了伦敦的一名记者。他担任的是类似今天公共知识分子的角色，对各领域的问题发表看法，甚至对通灵术也有见解。[1] 可以感受到的是，那时的他力图通过独到的理解力将科学知识加以通俗化表达，通过敏锐的察觉将社会问题予以深刻化呈现。

1893 年起，在做新闻记者的同时，威尔斯开始在伦敦各类刊物上发表短篇小说、评论以及各类主题的文章。这一年，威尔斯在工作的压力下又一次咳血，不得不在病床上休养数周。他最终决定放弃教学工作，专攻写作。

1895 年，威尔斯开始在《新评论》上连载《时间机器》，并于同年结集出版。《时间机器》为威尔斯赢得了巨大的声誉，他也以此为起点，创作出了一系列脍炙人口的科幻小说。

---

1 江晓原．科学外史Ⅱ．上海：复旦大学出版社，2014.

威尔斯十分关注社会问题，并于 1903 年受邀加入费边社，参与英国的社会主义改良运动，与萧伯纳等人结为好友。但最终因政见分歧而分道扬镳。

在第一次世界大战期间，威尔斯参与了国际联盟活动，前往各国访问并宣扬“世界国”理念，他的采访文章常常引起世界性的轰动。在第一次世界大战后，威尔斯用一年时间编写出了 100 多万字的《世界史纲》，这部历史著作一经问世，便使威尔斯名气大增，它的销量无论在当时还是在以后的数十年都位列前茅。[1]

诚如布赖恩·奥尔迪斯[2]所言：“到了 30 年代，小说家威尔斯让位于世界名人威尔斯。他成了一个大名人，忙于规划一个更好的世界。他同高尔基交谈，与乔治·萧伯纳斗嘴，飞往白宫与罗斯福会谈，或者飞往克林姆林宫与斯大林会谈。”

1939 年，73 岁的威尔斯给自己写了一句简短的墓志铭：“上帝将要毁灭人类——我警告过你们。”这句墓志铭深刻地反映了他对人类未来、科学未来的关注和担忧，也表明他的科幻小说具有警示灾难的意义。

即便是到了将要踏上人生归途时，威尔斯仍旧热心于公共事务。1946 年 8 月 13 日，威尔斯在伦敦病逝，享年 79 岁。

个人之于宇宙犹如一粟之于沧海。威尔斯知道，无论走访多少国家，途经多少城市，结交多少名人，其所能带来的影响、留

---

1 赫伯特·乔治·威尔斯 . 世界史纲 . 吴文藻，冰心，费孝通，译 . 南京：译林出版社，2015.

2 布赖恩·奥尔迪斯（1925—2017），英国著名科幻作家。

下的印迹与书籍传播的力量相比都将是微不足道的。书籍作为那个时代的最佳思想载体，有着无可比拟的延展性，而思想对于人类塑造文明、改变周遭环境的启迪无疑引领着我们一路走到了今天。

二

解读威尔斯

在威尔斯所处的时代，第二次工业革命如火如荼，社会生产力突飞猛进，划时代发明目不暇接，引发了人类社会各方面的空前变革。在科学技术和生产力发展的同时，国际形势风云变幻，帝国主义殖民地扩张与争夺空前激烈，维多利亚晚期的英国社会阶级分化严重，劳资冲突不断加剧。在这一时代背景下，威尔斯以其广博的自然科学知识、深刻的思想性、超凡的预见性及卓越的想象力，创作出了一部部引人入胜的科学传奇，开创了“时间旅行”“外星人入侵”“反乌托邦”等一系列题材的范式，并在作品中融入了富有预见性的观点和对人类社会深刻的洞察。

本套丛书选取了威尔斯最具代表性的中长篇科幻小说和短篇小说。这些中长篇科幻小说有科幻史上里程碑式的经典，也包括一些稍显冷门但仍然很具代表性的作品。其中，有广为流传的科幻经典《时间机器》和《隐身人》，也有知名度极高、曾在美国引起巨大恐慌的《世界大战》，还有被多次改编成电影的《莫罗博士岛》和《神食》，更有启发了“反乌托邦小说三部曲”的《昏睡百年》和影响了 C.S. 刘易斯“空间三部曲”的《月球上的第一批来客》，以及预言了原子弹的《获得自由的世界》、预言了“空中战争”的《大空战》、与《世界大战》有着千丝万缕联系的《新人来自火星》、威尔斯的第一部乌托邦小说《彗星来临》和寄托了威尔斯后期乌托邦理想的《神秘世界的人》。威尔斯的中长篇科幻小说读者并不陌生，一直被认为是现代科幻小说的先驱之作；而他的另一类短篇小说名篇，如《水晶蛋》《盲人乡》等则知者较少，但在他的整个创作中有着特殊的意义。下面按威尔斯创作这些作品的时间顺序做以介绍。

《时间机器》（1895）是威尔斯最早获得成功的一部科幻小说。威尔斯利用早在《刚性宇宙》就已阐述的观点，借“时间旅行者”之口解释了四维时空的概念，探讨时间旅行的可能性。故事的主人公“时间旅行者”发明了一部“时间机器”，乘上它就能够自由驰骋于过去和未来的世界。当他乘着机器来到公元802701年时，发现人类已分化为两个人种：一种是住在颓败宫殿中悠闲优雅、娇小柔弱的艾洛伊人；另一种是生活在地下的面目狰狞、终日劳动的莫洛克人。不劳而获的生活使艾洛伊人的体力和智力明显退化，而莫洛克人白天为艾洛伊人制造生活的必需品，夜晚却到地面上到处捕食他们。“时间旅行者”还来到了几百万年之后，那时人类已经灭绝，沙滩上只有巨蟹、蝴蝶、日食等复古图景。善于科学思辨的威尔斯对当时高度工业资本化而极度缺乏人文关怀的英伦社会有着丰富的阅历。他自幼就对斯威夫特的讽刺小说如痴如醉，因而在《时间机器》中继承了《格列佛游记》的衣钵，以斯威夫特式的辛辣讽喻风格，尖锐地揭示了艾洛伊人与莫洛克人的畸形共生关系，并从进化论的角度出发，将人类历史演进中所要面对的冷酷现实与阶级暴力予以生动的体现，为社会分工最终演化为某种或然存在的恶性循环做出警示。

《莫罗博士岛》（1896）讲述了一个名叫莫罗的科学家，在一个无名的小岛上对各种动物进行活体解剖和器官移植，将其改造成兽人。这些兽人能直立行走，能讲话，具备人的某些特性，并且能够进行一些人类活动。莫罗试图对兽人进行肉体和精神的双重控制，却惨遭失败，最后和助手双双被兽人杀死。《莫罗博士岛》从古老神话传说与当时争议颇大的活体解剖实验中汲取灵感，结合威尔斯师从赫胥黎的经历以及对达尔文进化论的认识，从生物学角度构想出了“兽人合体”与“动物人化”的可能性。小说借由疯狂科学家莫罗的所作所为警示读者，却也为当今跨物种器官移植的动物培育技术提供了一个新的方向。

《隐身人》（1897）描写了穷困的研究员格里芬怀着极大的热情发明了一种隐身术，把自己变成了来去无踪的隐身人。这种“超能力”使他渐渐迷失了自我，企图依靠此发明建立一个“恐怖王朝”，使自己成为凌驾于社会之上的超人。最终隐身人在与人们的对抗中，跌入了犯罪的深渊，走向了毁灭的末路。《隐身人》异常大胆地想象了存在一种理论上可以改变身体折射率的药物，人服下后可以实现真正意义上的肉身隐形。如今隐形技术广泛地运用在军事上，却不是真正意义上的可见光波段隐形。而一种具有负折射率的人工合成材料——超颖材料——已经能够在微观条件下实现可见光波段的隐形。《隐身人》这部小说在某种程度上暗示了隐藏于社会之外的边缘人群的潜在矛盾，也从另一面揭示了受制于社会陈规约束的常人在脱离社会约束后可能带来的社会威胁，为社会忽视边缘人群提供了警示。

当《莫罗博士岛》和《隐身人》这两部作品将自玛丽·雪莱的《弗兰肯斯坦》以来塑造的“疯狂科学家”形象再度演绎时，我们会发现威尔斯笔下的两位科学家已然抛弃了弗兰肯斯坦还曾仅存的关乎伦理道德的愧疚之情，反而像斯蒂文森的《化身博士》里的海德先生一般，成为脱离社会约束的法外之徒。威尔斯或许从来都不会质疑科技的力量，却一度对科技力量之外所涉及的道德挑战与社会问题感到焦虑，并尽其所能地对个体获得科技力量后可能带来的负面影响做出令人赞叹的预想与反思。

《世界大战》（1898）据说源于威尔斯与兄长弗兰克的一次对话，这次对话中两兄弟讨论到了19世纪装备先进的英国殖民者对塔斯马尼亚土著实行种族屠杀这一话题。当时，弗兰克在讨论中设想了当天外来客如英国殖民者一般对待地球人类的情境，令威尔斯印象深刻，此后便将其通过《世界大战》呈现给世人。

故事中，入侵者并非敌国，而是地球以外的火星人。火星人被叙述成狰狞的怪物，且依靠吸食人类的血液为生。这些怪物在英国进行大肆破坏，而威尔斯却从一个寻常之极的市民视角，以荒芜萧索的笔触营造了一种凄凉的绝望，在平淡与挣扎中呈现世界由人间堕入地狱的恐怖末日……故事的结尾将末日的转折交给了为人所忽略的细微之物，着实耐人寻味，令人眼界大开。威尔斯所设想的突袭地球的火星人所使用的物理武器“热线”，尤似几十年后才实现的激光武器，而激光的理论基础——受激发射理论——在《世界大战》出版将近20年后的1917年，才由爱因斯坦发表的论文《关于辐射的量子理论》正式提出。

《昏睡百年》（1899）讲述的是主人公格雷汉姆在长期失眠后终于昏睡过去，醒来时却发现自己已然身处两百年后的世界。存款复利的神秘增长使他牢牢控制了世界经济，从而“莫名其妙”地成为世界之主，且有12名受托人以他的名义组成管理团体。管理团体对格雷汉姆的苏醒毫无准备，以至为了维护统治地位，试图隐瞒和控制格雷汉姆的行动。然而东窗事发，格雷汉姆最终还是成为反抗管理团体统治的人民领袖，与管理团体决一死战。而对抗管理会的革命者实际上也是为了私利在利用他。故事的结局，作为首领的格雷汉姆亲自驾机阻击敌军——“尽管他不敢向下看，但骤然意识到大地已近在咫尺。”这是一部出彩的作品，其近乎反乌托邦的故事架构相当引人入胜。反乌托邦文学作为社会科幻小说中备受重视的子类型，以其颠覆人性长久以来对乌托邦的美好幻想而见长。在反乌托邦科幻小说中，极端化的政治、经济、宗教等意识形态是常见的社会背景，而《昏睡百年》虽然用了一个谈不上严肃的“长眠苏醒”设定，却能将两百年后的社会体系置于一个初看合理却极其恐怖的意识形态中预演。

《月球上的第一批来客》（1901）或许可以称为威尔斯版的《真实的故事》[1]。故事幻想了一位天才科学家卡沃尔研制出了一种“反重力”金属，在制成飞行舱后卡沃尔携朋友柏德福进行了登月实验。两位冒险者在成功登月后遭遇月球人追捕的惊险遭遇，展现了威尔斯天马行空的丰富想象力。小说中对于月球表面奇幻景色的描写与半个多世纪后人类真正登上月球时发回的照片也不无相似之处。威尔斯笔下的月球人是一种近似蚂蚁的“虫族”生物，它们十分脆弱，不堪一击。小说意在通过月球人的蜂巢思维剖析维多利亚时代的社会分工，将抹杀个人自由的管理体制进行戏剧化表达。

《神食》（1904）乍看之下很容易被误认作《莫罗博士岛》和《隐身人》的延续，从而被认为是对科技盲目发展和滥用的警示寓言作品，实则不然。故事讲述的是两位科学家发明了一种新的营养品“神食”，这种营养品能让食用者生长加速且变得巨大：鸡吃了后大得能食人，黄蜂和老鼠吃了后也能大得攻击人，婴儿

---

1 卢奇安的这部作品对威尔斯影响匪浅。卢奇安，又译琉善，古希腊讽刺散文作家、无神论者，其主要代表作品是讽刺散文《真实的故事》。在《真实的故事》中，主人公越过大西洋去旅行，经历了一连串令人难以置信的历险，如乘船时意外被吹到月球，之后还遭遇了太阳与月球军队争夺金星的战役等。

吃了后则很快长成巨婴乃至巨人。然而就在读者眼看着故事中的世界即将陷入一场恐怖的危机、人类社会将可能被斯威夫特笔下的“巨人国”所取代之时，威尔斯却笔锋一转，描绘起被排挤的巨人。这些巨人在人类的压迫下组成了一种“新人类”团体，为了突破传统人类的各种约束壁垒，最终决定奋起反抗，为自由而战。这种剧情上的转变与威尔斯那段时间世界观的转变是有联系的。在威尔斯看来，人类社会的矛盾冲突不是纯粹的利益之争，更不是简单的正邪对立、善恶分明，归根到底还是人性本质中的排异心理与人类社会日益演化形成的阶级隔离屏障作祟，这就使得吃下“神食”的巨人成了原始人类社会“党同伐异”的对象。而威尔斯则借巨人的抗争打通了这种社会阶级隔离屏障，意欲唤起人类在形成文明后所具有的同理心，从而实现某种意义上的阶级融合。“新人类”的存在将逐步消解人类的阶级隔阂，这样一场自由之战也将预示着人类在通过“神食”诱发人体改良后，将迎来一个或然存在的乌托邦。

《彗星来临》（1906）以一种散文式的记述，缓步推进着一个看似俗套的三角恋故事，却在关键节点上通过一条漫不经心的暗线将一次情杀危机反转，而故事也最终走向了一个充满光明、友爱等良善品质的乌托邦。故事背景是一颗彗星即将接近地球的消息不断在剧情中跟进，而情节上讲述的则是一位四处碰壁的主人公，在接连的失败与对刚刚分手不久的女友立即寻获归宿的妒意之下，决定谋杀前女友及其情夫。但就在下手的当晚，一颗彗星的尾巴扫过地球，通过与空气中的氮气反应产生“绿色烟雾”，给予世间人心以光明、友爱等良善品质。于是，世界变成了乌托邦，故事变成了大团圆。在《彗星来临》中，威尔斯最终想要表达的主旨，可以说就是在《神食》中还未到来的乌托邦图景。这种乌托邦式的理想社会在小说中最显著的一点即男、女主人公在彗星来临后消除私欲的过程。而在更深层次，威尔斯真正想要探索的还是一种破除传统道德束缚、打破阶级壁垒的美好新世界。

《大空战》（1908）一方面受莱特兄弟于1903年首次试飞成功后，各国精英对战场制空权思考的影响；另一方面又显然受到了M.P.希尔的小说《黄祸》（1898）以及1905年日俄战争的影响。故事讲述了身处社会中下阶层的主角意外卷入了德国空袭美国的战争，随之引发了一场飞艇对飞艇、飞机战飞机的世界性战争，整个世界陷入了空战。这样的战争最终无疑会把世界拖入万劫不复的末日之境，《大空战》中关于“废土世界”的结局书写与《时间机器》一般开放悲凉。《大空战》为我们呈现了另一种与《世界大战》相悖的末日殊途。具有敏锐洞察力的威尔斯再度通过小人物的视角预想出他想象的空中战场，并以其出色的社会寓言性指代了某种群体或团体在获得科技力量后对平民的威胁。

《获得自由的世界》（1914）以当时拉姆齐、卢瑟福、弗雷德里克·索迪等科学家的理论与发现为指导，并从索迪的《镭的介绍》（1908）一书中获取灵感，设想了一个人类广泛使用核能后的未来图景。威尔斯充分预见了核能产生后人类将其运用在武器上的可能性，并开创性地使用了“原子弹”一词来给故事中的一种能够加速核物质衰变、引发连锁反应的持续性燃烧弹式核武器命名，而故事中的“原子弹”也正如现实中一般，给世界带来了极大的震慑性后果。在小说后半段，当人类即将因滥用核武器而走向无可挽回的深渊时，威尔斯又借由一位具有远见卓识的政治家在各大国家中积极斡旋，最终让故事中那个硝烟四起的世界获得了自由。《获得自由的世界》以其在预想核武器的使用及应对核管控等方面的先见之明而显得格外不同寻常，但这部作品在展现威尔斯极为敏锐的洞察力的同时，也充满了对反战思想及世界主义的说教。这种立足于技术官僚与权威主义的乌托邦构想，几乎成为威尔斯中后期幻想作品的核心思想，这些小说也逐渐成为一种传播这类思想的说教工具。当然，尽管小说中那些饱含感染力的说教不可避免地削弱了阅读观感，但读者依然可以追寻到它的时代意义。

《神秘世界的人》（1923）可以看作威尔斯在积极投身反对战争、维护人权的国际联盟建设事业后，对重建人类文明满怀信心的蓝皮书。在《神秘世界的人》中，威尔斯将其中后期日渐成型的乌托邦蓝图描绘得细致考究。这部作品再次借助《时间机器》的四维时空理论设定，讲述了一位旅行者因为神秘世界的一次物质空间循环实验意外，莫名进入了一个被称为“乌托邦”的神秘星球。在这个“乌托邦”中，威尔斯通过旅行者的所见所闻，将这个神秘星球的美妙境况和盘托出，向世人展现一个曾经与人类面对过相同灾害与命运的世界，是如何依托技术官僚的运作，发展出属于他们的高度发达的技术文明，以及仍在不断完善建设的“动态”乌托邦的。《神秘世界的人》所描绘的这种“动态”乌托邦，无疑给同样存在诸多社会问题的世人提供了一种建设理想社会的参考。小说中对于人类科技发展带来的物质财富的激增所引发的生态灾害及人口爆炸等社会问题提供了理论指导，也深刻反映了威尔斯重视心理教育、关注生态环保等理念。

《新人来自火星》（1937）再次展现了《世界大战》中火星人的先进技术。《世界大战》中的火星人以激进暴力的方式对人类进行“革命式”入侵，而《新人来自火星》中的火星人则以渐进温和的手段对人类进行“改良式”渗透，从对社会变革角度的思考来看，简直与威尔斯一直身体力行的政治改良思想如出一撤。作品间接描述了一种来自火星人的长期外部干预。火星人通过发射宇宙射线的形式诱导地球人实现改良性质的突变，将人类转化为智力超群且足以构建地球乌托邦的新人类。主人公在听闻火星人发射宇宙射线对人类影响的坊间传闻后，对即将降生的孩子可能产生的变异感到不安。直到他最终发现，自己早已是被改良的新人类，而新世界的秩序与乌托邦未来，由他们这些伟大的新人类联合起来方能重塑。有评论家认为，这部充满超人式设定的作品在欧洲法西斯主义盛行时期，“不合时宜”地表露出了威尔斯对权威主义的改良幻想。倘若仔细观察作品中极富隐喻色彩的预言与文字，读者也能从另一角度感受到威尔斯真诚而严肃地探讨摆脱现实世界纷乱秩序的努力。

像众多科幻名家一样，威尔斯在进行中长篇科幻小说创作之前，也是通过在各类刊物上发表短篇小说积累写作经验的。从1893年起，威尔斯发表了一系列短篇幻想作品，其中最具野心的早期作品是在《蓓尔美尔街公报》发表的短篇——《公元100万年之人》（1893）。这篇小说大胆地描述了一种在自然选择下最终重塑的人类：一种因为太阳冷却后被迫撤离到地下的生物，他们有着硕大的头颅、巨大的眼睛、纤细的双手，躯干部分则占其中的一小部分，这种人类只能永久沉浸在营养液中。这种新人类的设定很容易令人联想起《时间机器》里生活在地上的艾洛伊人与生活在地下的莫洛克人的部分特征，从而奠定了威尔斯在创作初期对于人类异化或演化主题探索时频频涌现的社会寓言特质。其他作品还有《飞人现世》（1893）、《人的灭绝》（1894）、《浅游太阳》（1894）等，其中《浅游太阳》讨论了硅基生命的可能性。他早期集中出版的短篇小说集《失窃的细菌与其他事件》（1895）中收录的《失窃的细菌》《奇兰花开》《怪物大闹天文台》等作品在惊险程度上虽然不如前述短篇，却也对后世作品产生了一定的影响，如克拉克的短篇作品《扭捏的兰花》就提到了《奇兰花开》。

19世纪末，威尔斯在短篇主题创作上的想象愈发大胆。这在其1895年以后的短篇《手术刀下》（1896）、《天外来客撞击地球》（1897）、《一个石器时代的故事》（1897）、《水晶蛋》（1897）、《能够创造奇迹的人》（1898）中足以见得。《天外来客撞击地球》

讲述的是不明天体向地球逼近的灾难故事。值得注意的是，类似的情节在《彗星来临》亦有体现，相信两者之间在创作上也联系匪浅。在**《水晶蛋》**中，威尔斯通过一种“以小见大”“以平凡见证奇迹”的叙事策略，将科幻小说中揭示未知世界时的惊奇感，在与之形成鲜明反差的平凡现实中进行演绎，并从中下阶层的小人物视角出发，见证“水晶蛋”中诡异神秘的世界。

到了 20 世纪，威尔斯的短篇幻想作品同样不乏佳作。《新时间加速剂》（1901）以一种漫不经心的方式对科技新发明可能带来的社会问题进行了探讨。**《盲人乡》**（1904）被许多西方评论家认为是威尔斯最好的短篇小说。尽管这篇小说并不描述未来，而是描述遥远的山谷，但它具备了科幻小说的全部要素，使读者动摇对传统的信心，并引发人们去思考事物的本来面貌。[1]《墙上之门》（1911）以主人公的成长为线索，通过对比在“梦幻花园”内、外的成长过程，揭示了工业革命对现代文明生活方式的影响。

威尔斯把科学幻想和人类的发展结合起来，以深切的忧患意识关注人类未来和科学未来。其远见卓识的抗争意识与精雕细琢的艺术追求，又体现了其不囿于特定时空的超越精神。威尔斯的科幻小说体现了在所处时代对人类未来的想象与思考，其思想源于维多利亚时代的历史环境与文化土壤，因而有一定的局限性。我们应该从其生活的时代出发，取其精华，对所涉及的政治性、思想性内容进行辩证的思考与择弃。

---

1 詹姆斯·冈恩．过眼云烟：英国科幻小说．北京：北京大学出版社，2008.

三

重读威尔斯

经典作品是那些你经常听人家说“我正在重读……”而不是“我正在读……”的书。即使我们初读也好像是在重温以前读过的东西，每次重读都好像初读那样会带来发现。我们越是道听途说，以为懂了，当实际读时，就越是觉得它们独特、意想不到和新颖。[1]威尔斯的科幻小说就是这样的经典。科幻小说作为一种与科技发展有密切联系的文学类型，犹如一架人类的望远镜，遥望着浩瀚的天河，对科技发展带来的种种可能性，对社会的潜在影响进行提问、预测、探讨与思辨——这亦是现代科幻小说的核心精神。而这一精神的源头正是威尔斯。

威尔斯所处的时代正值人类历史的转折点。他出生的那一年，德国工程师西门子发明了世界上第一台大功率发电机，标志着人类进入了电气时代；他逝世的那一年，世界上第一台电子计算机诞生，掀开了信息时代的序幕。其人生横跨的两次工业革命颠覆性地改变了人类文明的发展进程，科技、政治、经济的变迁使得世界发生着难以想象的变化。正是在这种时代背景下，威尔斯对科技前景和社会现实进行了可信的分析与预测，对当时的诸多问

1 伊塔洛·卡尔维诺.为什么读经典.黄灿然，李桂蜜，译.南京：译林出版社，2012.

题都有深入的探究与思考。他一方面肯定科学技术的巨大作用，另一方面也意识到当科技被枉顾伦理道德之辈利用时，人类将会为此付出惨痛的代价。除了创作针砭时弊、充满寓言色彩的作品外，胸怀社会改良理想的威尔斯还身体力行地参与政治活动。尽管威尔斯的作品及其对社会问题的思考具有一定的历史局限性，但无疑对那个时代产生了深远的影响。

正是这种特殊的生平背景，以及艺术想象、科学警示、社会批评相结合的创作手法，使得威尔斯的作品具有深刻的思想性和恒久的生命力。在 100 多年后的今天，人类文明又一次面临重大拐点，随着以人工智能为核心的“第四次工业革命”的到来，各项重大技术创新即将在全球范围内掀起波澜壮阔、势不可挡的巨变[1]。作为曾经变革浪潮的亲历者和预言者，威尔斯在作品所展现出的预见性和对科技、社会问题的思索，在照亮那个时代的同时，也冥冥中关照了人类未来相似的发展境遇。也因此，时至今日，我们依然需要去聆听这位科幻先知的思想，去感受现代科幻小说发轫阶段所寄托的希望与沉思，去体会在激荡的洪流中一个知识分子的理想与信念。

或许，当 1895 年威尔斯写出《时间机器》的那一刻，他便真的发明了一台“时间机器”，并乘着它到达了未来，带回了警示的讯息。后世的科幻作家无不踏着这位前辈的脚印，乘坐这台机器，开启了一次又一次抵达未来的旅程，捎回一封又一封来自

1　施瓦布．第四次工业革命．北京：中信出版社，2016.

未来的信，谱写了科幻 200 年间一段又一段波澜壮阔、气象万千的乐章。如今，与未知同行的这一代人，或许很渴望也有一台这样的“时间机器”，以便到达未来一探究竟，用更有远见的视野指导今天的生活。若真是这样，拜访这些乘坐过“时间机器”的科幻作家或许是一个不错的方法。当然，最应该拜访的当然是那个发明了“时间机器”的人。他是社会科幻的领路人，更是现代科幻的奠基者，他是 H.G. 威尔斯。

《科幻世界》 陈 俊

2018 年夏

第一章
引子

这位时间旅行者（这样称呼比较方便）正向我们阐述一个深奥的问题。一双灰色的眼睛闪烁着，平日里苍白的脸上泛着红光，神采奕奕。炉火燃得正旺，银质灯罩呈百合花形状，白炽灯散发着柔光，映照着我们酒杯中跳动的气泡。身后的椅子是他的发明，与其说是用来坐的，不如说它拥着你轻轻抚慰。餐后的气氛十分惬意，思维自由徜徉，无拘无束。他用细长的食指画出重点，而我们则慵懒地坐着，欣赏他一本正经、滔滔不绝地阐述这条新的悖论（我们是这么认为的）。

“大家一定要听仔细。我要驳斥一两个几乎被大家普遍接受的观点。例如，你们在学校学到的几何学，就是建立在一个错误概念之上的。”

“我们从这个问题开始讲起，是不是有点太大呀？”费尔比问道。他长着红发，是个喜欢争辩的人。

“我不是要你们接受没有论据的观点，我相信你们很快就会认同的。大家都知道，数学上厚度为零的线段，现实中是不存在的，老师是这样教的吧？数学上的平面也同样不存在。这些都是纯粹的抽象概念。”

“没错。”心理学家答道。

“同理，仅有长、宽、高的立方体也是不存在的。”

“我反对。”费尔比说，“这种实体当然可能存在。所有现实存在的东西——”

“多数人都是这么想的。先别急。瞬时立方体可能存在吗？”

“不明白你的意思。”费尔比回道。

“现实中可能存在没有时间持续性的立方体吗？”

费尔比陷入了沉思。时间旅行者继而说道：“很显然，任何实体都必须在四个方向延续：长、宽、高和持续性。”但由于人类天生的缺陷，我们往往忽略了这一事实，这点我稍后会解释。其实存在四个维度，其中三个我们称为空间的三个维度，但还有第四维度，即时间。不过，人们往往画一条假想的分界线，把前三个维度与后面那个区分开来。因为从出生到死亡，我们的意识都是间歇地沿着时间维度朝一个方向行进。

“这个，”一位年轻人一边说，一边哆嗦着借灯火重新点燃了雪茄，“这个……确实是很清楚的。”

“现在，这个维度竟被大家一致忽略了，值得深思。”时间旅行者接着说道，语气中带着些轻快，“这才是第四维度的确切含义。尽管有些人也会说起第四维度，但并不知道其实是指时间。这只是看待时间的另一种角度。时间和三个空间维度没什么差别，只是有一点，我们的意识是沿着时间方向运动的。一些蠢货却误解了这点。你们应该都听过他们对第四维度的看法吧？”

“我没听过。”那位本省的市长说道。

“原理是这样的。数学家认为空间有三个维度，也就是我们常说的长、宽、高，而且总是可以用三个相互垂直的平面来界定。但一些爱刨根究底的人一直在问：为什么就是三维呢？为什么没有另一个维度垂直于这个三维呢？他们甚至试着构建四维几何学。大约一个月前，西蒙·纽科姆教授就面向纽约数学学会论述过这一问题。众所周知，在一个二维平面上，可以通过图形表现三维立体模型；同样，他们觉得在三维模型的基础上可以表现四维模型——只要能把握好它的角度就行。明白了吗？”

“好像明白了。”那位市长低声说，接着皱眉陷入了沉思，嘴唇翕动，像在重复念着某种神秘的咒语。过了片刻，他突然眼睛一亮："对，我现在明白了。"

"嗯，我不介意告诉大家，这个四维几何我已经研究一段时间了，还得出了一些有意思的结果。比如，这是一个男人不同年龄时的照片，分别是八岁、十五岁、十七岁、二十三岁等。显然，这些照片是一个个片段，用三维图像表现他的四维存在，一种稳定、不容改变的存在。"

时间旅行者停顿了一会儿，好让大家有时间消化这些内容，接着说道："从事科学研究的人都知道，时间只是空间的一种。这里有一张常见的科学图表——一份气象记录。我指出的这条线显示了气压变化。昨天白天气压很高，夜里降下来了，今早再次上升，慢慢地升到这儿。显然，水银气压计并没有在公认的三维空间中画出这条线吧？但它又确实描绘出这条线，因此，我们只能推断这条线是沿时间维度画出的。"

"但是，"那位医生开口了，凝视着火里的煤块，"如果时间真的只是空间的第四维度，那么我们为什么一直把它归为其他类别呢？我们为什么不能像在其他空间维度中一样，在时间中自由穿梭呢？"

时间旅行者笑道："你确定我们可以在空间中自由穿梭？我们可以左右、前后自由移动，也一直是这么做的。我承认，我们确实能在二维空间中自由移动。但上下呢？引力将我们限制住了。”

医生回道：“那也未必，有气球啊。”

“但气球出现之前呢？人类除了偶尔跳几下，或借助地表的凹凸不平以外，再没有其他垂直运动的自由了。”

“至少还能上下移动一小段距离吧。”医生说。

“向下比向上容易多了。”

“你根本不可能在时间中穿梭，不可能脱离此时此刻。”

“我的先生啊，这你可就说错了，全世界都错了。我们无时无刻不在脱离此时此刻。我们的精神存在虽然是无形的，也没有任何维度，但始终沿着时间维度从摇篮到坟墓匀速前进。这和我们处于地表以上五十英里时必然要下坠是一个道理。”

心理学家插话说：“但最大的问题是，在空间里你可以任意移动，但在时间上不可以。”

“这正是我重大发现的起点。但你说我们不能在时间上移动，那就错了。比方说，如果我能非常逼真地再现某个事件，那就相当于回到了事件发生的时刻。用你们的话说，就是我出神了，在那一刻我跳回到了过去。当然我们无法在过去停留，就像野蛮人或动物没法停留在地面以上六英尺一样。文明人在这方面就强多了，他们可以借助气球对抗引力。那怎么就不能期望在时间维度上停止或加速前进，甚至转身朝反方向走呢？”

费尔比说：“噢，这个啊，完全是——”

“怎么就不行呢？”时间旅行者问道。

“不合常理。”费尔比答道。

时间旅行者又问：“什么常理？”

费尔比回道：“你可以用诡辩将黑的说成白的，但永远无法令我信服。”

“可能吧，”时间旅行者说，“但你们现在应该了解我研究四维几何的目的了吧。很久以前，我就隐约构想过发明一种机器——”

“穿越时间的机器！”那位年轻人叫道。

“这种机器能在空间和时间中任意穿梭，全由驾驶员决定。”

费尔比忍不住笑了出来。

“我已经用实验证明过了。”时间旅行者说。

“有了这种机器，历史学家可就方便多了。”心理学家说道，“例如，他们可以回到过去，验证大家公认的有关黑斯廷斯战役的说法是否准确！”

医生问：“你不觉得这样会过于引人注目吗？我们的祖先可不大能容忍不合时宜的人。”

“也许还能直接跟荷马、柏拉图学希腊语呢！”那位年轻人说道。

“如果真是那样，他们肯定让你学位考试不及格。德国学者已经大大改进了希腊语。”

“还有未来呢，想想啊！你可以把所有钱拿去投资，等着收益，再乘坐时间机器到未来享用！”那位年轻人继续说。

“一派夸大其词的无稽之谈！”心理学家开口说。

“对，我以前也这么想，所以从没跟人提过，直到——”

“实验证明？”我喊了出来，“你还要证明？”

“做实验？”费尔比也喊道，脑力显得有点不济。

心理学家说：“先不说别的，让我们看看你的实验吧，尽管你也知道那都是胡说八道。”

时间旅行者朝我们微微一笑，然后把手插进裤兜，仍然微笑着缓步走出房间。通往实验室的长廊传来他拖鞋的踢踏声。

心理学家看着我们：“也不知道他能搞出什么名堂？”

“无非是要要花招、变个戏法之类的。”医生说。然后费尔比开始讲他在伯斯勒姆见过的魔术师，刚开了个头，时间旅行者就回来了，费尔比只得作罢。

第二章
时间机器

时间旅行者手上托着个亮闪闪的金属架，比一只小钟稍微大点儿，做工十分精致。上面镶着象牙，还有一些透明的水晶状物体。现在我必须说清楚，除非大家接受他的解释，否则接下来的事太不可思议了。房间里七零八落地摆着几张小八角桌，他随意搬了一张放到壁炉前——桌子的两条腿压着壁炉前的地毯——再把那台装置放到桌上，又拖了把椅子坐了下来。桌上仅有一盏带灯罩的小灯，明亮的灯光照在那台装置上。周围可能还有十几支蜡烛，壁炉架上的黄铜烛台插着两支，壁式烛台上还有几支，房间里灯火通明。我坐在离壁炉最近的低矮的扶手椅上，后来又往前移了移，恰好坐在时间旅行者和壁炉之间。费尔比坐在他身后，越过他的肩膀往前看。右边是医生和本省的那位市长，左边是心理学家，那位小伙子在心理学家身后站着。每个人都全神贯注。我觉得在这种情况下，任何花招——无论构思多巧妙、手段多高明——都不可能瞒过这么多双眼睛。

时间旅行者看了看我们，继而又转向那台装置。“嗯？”心理学家说道。

“这个小玩意儿啊，”时间旅行者将两肘撑在桌上，两手并拢悬在仪器上方说道，“只是个模型。我的计划是造一台可以穿梭时间的机器。大家可能注意到了，它看上去有点歪，这根杆样子奇特，闪着光，看起来有点不真实。”他用手指着那部件，“这里有根白色的小操纵杆，这里也有一根。”

医生站起来凑了过去，评论道：“制作得很漂亮啊！”

“花了两年时间才做成的哟！”时间旅行者应道。我们都学着医生的样子起身去看。时间旅行者又说：“我希望你们明白，只要按下这根操纵杆，这台机器就会滑向未来，另一根操纵杆恰好相反。这个鞍座是给时间旅行者坐的。现在我要按下这根操纵杆启动机器，接着它会逐渐消失，进入未来时间，最后无影无踪。好好看看这个东西，也仔细看看桌子，搞清楚有没有机关，免得白费了我的模型，还说我招摇撞骗。”

众人大约沉默了一分钟。心理学家似乎有话要和我说，却又改变了主意。接着时间旅行者向操纵杆伸出手指，又突然开口：“算了，还是你来吧。”于是转向心理学家，拿起他的手，让他伸出食指。就这样，心理学家亲手启动了这台时间机器模型，把它送上了无止境的旅程。我们全体注视着操纵杆转动，我百分百确定没有任何花样。一阵微风吹过，灯火跳了一下，黄铜烛台上的蜡烛灭了一根，这台小机器忽地转了起来。它越来越模糊，瞬间变成了幽灵，像闪着微光的黄铜和象牙的旋涡。接着，它不见了——消失了！桌上除了那盏灯别无他物。

足足有一分钟，大家鸦雀无声。然后，费尔比来了句“真见鬼了”。

心理学家从恍惚中回过神来，忽地朝桌下看去。时间旅行者见此放声大笑。“嗯哼？”他学着心理学家的语气说道。然后他起身走到壁炉架上的烟丝罐前，背对着我们开始装烟斗。

我们面面相觑。医生先开口了：“喂！你不是开玩笑吧？你真相信那台机器开始时间旅行了？”

“当然，”时间旅行者答道，弯腰借着壁炉引了火，接着转过身，点着了烟斗，看着心理学家，（心理学家为了显示自己没有精神错乱，自顾拿起一根雪茄，没剪茄帽就要点。）“还没完，那边(他指的是实验室)还有一台接近完工的大机器，等装配好我想亲自来一趟旅行。”

“你是说那台机器已经进入未来了？”费尔比问道。

“未来或过去都有可能——我也不确定。”

过了片刻，心理学家灵机一动："如果它确实去了某一处的话，肯定是过去。"

"为什么？"时间旅行者问道。

"因为我推测它在空间上没有移动。如果它进入未来，那现在应该还在这里，要进入未来就必定经过现在。"

我说："但是，如果它回到了过去，那我们第一次来这个房间时就能看到它才对。上个星期四我们也在这，还有上上个星期四，以此类推！"

"反驳得很有道理。"那位本省的市长不偏不倚地评论道，转身对着时间旅行者。

"完全不对。"时间旅行者回道，转向心理学家，"你觉得呢，你应该能解释清楚。你知道，这是一种'阈限'现象，是一种经过特殊处理后的表现。"

"的确如此。"心理学家回道，接着跟我们解释，"我早该想到的，这是心理学上的一个普通问题，再简单不过了，能轻松解释这个悖论。我们看不见也感受不到这台机器，就好比我们看不见飞速旋转的轮辐，也看不见空中飞过的子弹。如果它在时间中运行的速度是我们的五十倍或一百倍，如果我们只过了一秒钟它却过了一分钟，那我们眼前的它自然就缩小到了时间旅行前的五十分之一或一百分之一。再简单不过了。"他用手在机器原来的位置扫了扫，笑着问道，"明白了吗？"

我们坐着没动，盯着那张空荡荡的桌子大约一分钟。然后时间旅行者问大家有什么看法。

“今晚看似全都讲得通，”医生说道，“但还是要等到明天，等明早大家都清醒了再说。”

“大家想看看真正的时间机器吗？”时间旅行者问。随后端起灯，领我们走过通向实验室的那条长廊，穿堂风吹在身上凉飕飕的。当时的情景我记忆犹新：灯光摇曳，他脑袋映出诡异、宽大的侧影，身影不停地晃动。我们困惑又满腹狐疑地跟着他，在实验室见到了一台大号的机器，俨然就是那台模型的放大版。机器的零件有镍制的，有象牙的，有些一看就是水晶石打磨成的。机器基本完工了，但工作台上图纸边还放着几根扭曲的水晶棒没有完工。我拿起一根细细察看了一番，感觉像石英。

医生说：“喂！你真的没开玩笑？不会又在耍什么把戏吧——就像去年圣诞节让我们看的鬼一样？”

时间旅行者把灯举起来，回应道：“我打算坐这台机器去探索时间。这样够清楚了吧？我这辈子从来没这么认真过。”

一屋子人没一个知道该怎么答话。

越过医生的肩膀，我与费尔比目光相对，他严肃地冲我眨了眨眼。

第三章

时间旅行者归来

我觉得当时没人相信那台时间机器。说实话，时间旅行者这种人过于聪明，让人没法相信他：你永远看不透他；你总要怀疑，在他表面的坦诚背后是不是有所保留，是不是隐藏了什么心思。要是费尔比向我们展示模型，用时间旅行者的原话解释这件事，我们肯定不会这么怀疑，因为费尔比的动机一眼就能看透，他的心思连屠夫都能看透。但时间旅行者一向喜欢胡思乱想，我们实在信不过。能让不如他聪明的人声名鹊起的事儿，到他手上就成了骗人的诡计，太容易成事也是一种错。也有人真心看重他，却没人敢说能看透他的行为；他们明白，把自己的名声托付给他，无异于把薄如蛋壳的瓷器放进幼儿园。因此，我相信接下来的一个星期，大家都没有过多提及时间旅行，但这件事太过诡异，肯定会在大家心中挥之不去：它的可行性，确切来说，它不可思议的实际运用，还极有可能引发时代错乱，甚至天下大乱。我呢，就一心想着那台模型有什么窍门。我记得星期五在林奈遇上那位医生时，还和他讨论过这个问题。他说在图宾根见过类似的东西，还特别强调了蜡烛熄灭的场景，至于有什么窍门，他也解释不清。

接下来的星期四，我又去了里士满——我觉得自己肯定是时间旅行者家的常客之一——我到得晚，有四五个人已经聚在客厅里了。医生站在壁炉前，一只手拿张纸，另一只手握着块表。我看了一圈儿，没看到时间旅行者。医生说："现在七点半，该吃晚饭了吧？"

"人呢？"我问道，指我们的主人。

"你刚来？奇怪，他肯定有事耽搁了。他留了张便条，说如果七点还没回来就让我先招呼大家用饭，还说回来会向大家解释。"

"不能白白糟蹋了晚餐。"一位知名日报的编辑说道。随即，医生按铃开饭。

在座的只有医生、心理学家和我参加了上周四的晚餐。其他人就是前面提到的编辑布兰克、一位记者，还有一个我不认识——一个沉默寡言的小胡子，据我观察，这个人整晚都没开过口。餐桌上，大家猜着时间旅行者缺席的原因，我半开玩笑地说可能去做时间旅行了。编辑问这话从何说起，心理学家自告奋勇，如实讲述了上周亲眼所见的“巧妙悖论和把戏”。正说得起劲儿，这时走廊上的门缓缓打开，没发出一点声响。我正对着门，是第一个看到的：“嘿！终于回来了！”门开得大了点，时间旅行者站到了我们面前，我不禁惊呼一声。“天哪！老兄，你出什么事了？”医生也跟着惊呼一声，他是第二个看到的，接着全桌人都朝门口看去。

时间旅行者的样子极其狼狈。外套上满是灰尘，脏兮兮的，衣袖沾上了绿色的东西。头发乱糟糟的，感觉比以前更灰白了——不知是因为沾了灰尘还是发色真的变浅了。脸色煞白，下巴上有一条褐色伤口，还没愈合。一脸憔悴，疲惫不堪，像承受了极大的痛苦。他仿佛被灯光晃了眼，在门口迟疑了片刻才进屋。他走路一瘸一拐，像我见过的瘸腿流浪汉一样。我们静静地盯着他，等他开口。

他一言不发，费力地走到桌旁，指了指酒瓶。编辑倒了杯香槟，推到他面前，他一饮而尽。看样子香槟起了作用：他环顾桌子一周，脸上闪过一丝惯有的笑意。“老兄，你到底去哪里了？”医生问道。时间旅行者仿佛没听到，只说：“别打扰了你们，”说话有点结巴，“我没事。”他停下来，又要了一杯，再一饮而尽，说道：“真好啊！”双眸有了点光芒，脸上也微微有了血色。他带着赞许的目光在我们脸上扫过，又环顾了这温暖舒适的房间，之后才再次开口，说话时还是结结巴巴的，“我要先去洗个澡，换身衣服，然后下来解释……羊肉给我留点，我太想吃肉了。”

他看了看那位编辑，寒暄了几句。编辑是稀客，他提了个问题，但时间旅行者说：“等会儿告诉你，我这个样子——有点狼狈！一会儿就好。”

他放下酒杯，走向楼梯门。我又一次注意到，他走路一瘸一拐的，脚步声低沉无力。我站在座位旁，他出门时我正好看到了他的脚。他没穿鞋，只套着一双血迹斑斑的破袜子。接着，楼梯门在他身后关上了。我原想跟上他，但转念一想，他不喜欢别人替他瞎操心。我脑子里一团糟，持续了约一分钟。这时，只听那位编辑说道：“杰出科学家的惊人之举。”按他的习惯，八成是在拟新闻标题。这句话把我的思绪拉回到明亮的餐桌。

“这是什么游戏？”那位记者问道，“他在扮演业余乞丐？我看不懂。”我和心理学家目光交会，在他脸上看到了和我一样的表情。我一直想着时间旅行者一瘸一拐、费力地爬楼梯的场景，除了我之外其他人应该都没注意到。

第一个从震惊中回过神来的是医生，他按铃要了个热菜——时间旅行者吃饭时不喜欢仆人在边上候着。编辑咕哝了一声，又拿起了刀叉，那个沉默寡言的人也跟着吃了起来。晚餐继续，但话语间尽是感慨、惊叹，编辑的好奇心越发高涨，问道：“难道我们的朋友靠扫大街来弥补微薄的收入？或者整天抱个大酒瓶喝得烂醉如泥？”“我敢断定，与时间机器有关。”我答道，然后接过心理学家的话讲起了我们上周会面的事。这几位新来的客人根本不信。编辑提出了质疑：“到底什么是时间旅行？一个人在悖论里搞不出什么名堂，不是吗？”他自以为了解情况，便开始讽刺挖苦起来。未来的人不会连衣刷都没有吧？记者也随声附和，跟着编辑大肆调侃。他们都是那种新派的新闻工作者——活泼快乐、傲慢无礼的年轻人。“我们的特派记者发自后天的报道……”那位记者说道，应该说嚷嚷道。话音刚落，时间旅行者回来了，穿了件平常的晚装。他除了面容憔悴之外，再也看不出一丝让我吃惊的地方。

“我说，”编辑喜滋滋地开口，“这群家伙说你到下周的中间那几天去旅行了！跟我们说说小罗斯伯里[1]吧，你觉得他赢的概率有多大？”

时间旅行者没答话，走到给他留的位置。他像往常一样微微一笑，问道：“我的羊肉呢？能再拿叉子叉肉真是太幸福了！”

“快讲故事吧！”编辑喊道。

---

1 小罗斯伯里（1847—1929），英国自由党政治家，曾任英国首相。

“去你的故事！我要吃东西。让我先给动脉添加点蛋白，现在什么都不想说。麻烦把盐递给我，谢谢！”时间旅行者这样回道。

“就一句，你是不是去做时间旅行了？”我问道。

“是。”时间旅行者点头，嘴里塞得满满的。

“要真是这样，我愿意一字不差地写出来，一行字一先令。”编辑说。时间旅行者把杯子朝那个沉默寡言的人推了推，又用指甲弹了弹。那人全程盯着时间旅行者的脸，见此情景惊了一下，赶紧给他倒上酒。之后，晚餐的气氛不太自在。拿我本人来说吧，心里有一堆问题等着解答，我敢说其他人肯定也一样。记者想缓和一下这种紧张的气氛，聊起了海蒂·波特的奇闻逸事。时间旅行者全身心都在晚餐上，胃口好得像饥饿的流浪汉。医生抽着烟，眯眼看着时间旅行者。沉默寡言的年轻人好像比先前还要拘谨，可能太紧张了，他一杯接一杯地喝着香槟。最后，时间旅行者终于推开了盘子，环顾四周，说道：“我先道个歉，刚才实在太饿了。我从未有过这么神奇的经历。”他伸手拿了根雪茄，剪了茄帽，“去吸烟室聊吧，故事很长，总不能一直对着这些油腻腻的盘子吧。”然后按铃让人来收拾餐桌，领我们去了隔壁的房间。

他往安乐椅上一靠，问我：“你把时间机器的事说给布兰克、达什，还有肖兹听了吗？”他说的是上次没来的那三位客人。

“但这种事完全不可能啊！”编辑回道。

时间旅行者接着说：“今晚我没法跟你争辩。我不介意讲述整个事情，但没时间争辩。如果大家愿意听，我可以讲述这段时间我所有的经历，但你们绝对不要打断我。我想把它讲出来，非常想。大部分可能听起来像胡说八道，就当是胡说八道好了！但这是真事——每句话、每个字都是真的。当时是凌晨四点，我在实验室里，自那时起……我度过了八天……在此之前，任何人都没有这样的经历！我几乎筋疲力尽了，但我要先给你们讲完才能睡觉。千万别打断我！同意吗？”

“同意。”编辑答道，其余人也响应：“同意。”随后，时间旅行者开始讲述这个故事。起先，他靠在椅子上，声音里透着疲惫，但讲了一会儿就恢复了元气。动笔将此写下来时，我深切地体会到了笔墨的苍白无力——最主要还是自身能力不足——无力再现当时的情景。你读得再仔细，也定然看不到灯光映照下叙述者那张苍白、真诚的脸，听不到他抑扬顿挫的声音。你也无法知道他的表情随着故事跌宕起伏！吸烟室没有点烛台，我们这些听众大都坐在阴影里，只有记者的脸和那个沉默寡言者的小腿处于灯光下。起初，众人还不时互相瞥一眼，但没多久，我们的目光全都聚焦在时间旅行者的脸上。

第四章
时间旅行

“上周四我已经跟你们其中的几位讲过时间机器的原理了，还展示了实物，但当时还没完工，就放在实验室里。现在还在那儿，旅行后有点磨损，有根象牙棒裂了，还有根黄铜杆弯折了，但其他部位还算完好。我原计划上周五完工的，但周五那天快组装完毕时，我发现其中一根镍棒短了一英寸，只好重做，所以这台机器今天上午才完工。今天上午十点，第一台时间机器开始投入使用。我最后敲打了一番，把所有螺丝检查了一遍，给石英棒上了点润滑油，最后跨上了鞍座。当时感觉就像拿枪对着脑袋自杀一样，不知道接下来会面临什么情况。我一只手抓启动杆，另一只手抓制动杆，先推下启动杆，几乎同时又推下制动杆。我感觉天旋地转，有一种噩梦里的坠落感。环顾四周，实验室和之前没什么两样。难道什么也没发生？瞬间我甚至开始怀疑自己的智力，但很快就注意到了钟表。刚才还是十点几分，一眨眼工夫竟然快三点半了！

“我吸了口气，咬紧牙关，双手抓住启动杆，‘砰’的一声发动了。实验室越来越朦胧，暗了下来。沃切特夫人开门进来，又走向了花园门，显然没看见我。这段路她原本大概要走一分钟，但现在她像火箭一样‘嗖’地从我眼前过去了。我把启动杆推到底，天黑了，快得跟熄灯一样，瞬间又到了第二天。实验室越来越模糊，越来越昏暗。很快又到了第二天晚上，接着白天、黑夜、白天、黑夜，如此反复，越变越快。我的耳朵里全是机器旋转的轰鸣声，内心感到一阵怪异而莫名的慌乱。

“我恐怕无法表达时间旅行时那种奇特的感受，实在太难受了。就像急转弯被甩出去一样——只能无助地往前冲！让人惊恐万分，仿佛下一刻就要粉身碎骨。随着机器逐渐加速，昼夜交替更让人头晕目眩，如同一只黑翼在扇动。实验室越发朦胧，仿佛随时都会消失。还能看到太阳在空中飞跃而过，每分钟跳一次，一分钟就过一天。我觉得实验室已经毁坏了，我已经处在露天环境下。我隐约看到了脚手架，但机器移动的速度太快，我几乎看不到任何移动的物体，就连爬得最慢的蜗牛都一闪而过，根本看不清。光影间的交替闪烁令眼睛极其难受。在断断续续的黑暗中，我看到月相飞速变换，从新月到满月不时交替，还依稀瞥见了星辰运行的轨迹。我继续前进，越来越快，昼夜的迅速交会成一片连绵的灰色。天空染上了一股深邃的蓝，异常明亮，宛如黎明的色彩，美不胜收。空中，太阳变成了一道火光、一张耀眼的弓，月亮变成了一条朦胧的飘带。完全看不见星星了，只能偶尔在幽蓝中瞥见一道忽隐忽现的圆形轨迹。

“原野雾蒙蒙的，一片模糊。我还在这座房子所在的山坡上，山肩往上延伸，一片灰暗。树木的生长变化似一阵阵水蒸气，时而枯黄，时而翠绿。它们生长、繁盛、凋零、衰败。高楼大厦在眼前拔地而起，或灰暗或清晰，最终梦一样逝去。整个地球表面仿佛都变了，在我眼前消融、流淌。速度刻度盘上的指针越转越快。此时，我注意到太阳运行的轨迹在上下摇摆，从夏至到冬至只用了不到一分钟，由此可见，我已经达到了一分钟跨越一年的速度。一分钟又一分钟，白雪漫天飞舞、消失，转眼间又来到了阳光明媚、绿意盎然的春天。

“开始时那些难受的感觉变淡了，最后全都融合成一股歇斯底里的兴奋。我察觉到机器开始笨拙地摇晃，但说不清是什么原因。当时我已经精神恍惚、无力思考了，带着一种不顾一切的劲头冲进了未来。起初，我完全没想过停下，只顾新鲜刺激，将一切抛之脑后。但很快，我产生了一连串新的情绪，好奇中夹杂着一丝恐惧，最后完全被这样的情绪所控制。世界在我眼前飞驰而过，模糊不清，瞬息万变。我当时想，如果能停下来仔细观察一番，定会发现人类的发展多么神奇，我们初期的文明取得了多么辉煌的进步！周围的建筑雄伟壮观，看上去波光熠熠、烟雾缭绕，比我们这个时代的任何建筑都要宏伟。一条艳丽的绿带沿着山边向上延伸，中间看不到任何寒冬的间歇，始终绿油油的。尽管我的意识混乱，仿佛罩了层面纱，但地球看上去仍然十分楚楚动人。这样我才有了要停下来的心思。

“这里存在一种特殊的风险：在我或者这台机器所占据的空间里可能存在着某种物质。不过，只要我以足够快的速度穿越时间，倒没什么问题。我可以说是被缩小了——能像蒸汽一样从障碍物的缝隙里穿过去！但一旦停下，就仿佛自己身上的每一个分子都被严严实实地充填到这些物质中。这意味着我身体里的原子真要和那些障碍物来个极其亲密的接触，引发深度的化学反应，把我和仪器炸得灰飞烟灭，最后不知去向。制造这台机器时我就一次次想到了这种可能性，但当时我欣然接受了，觉得风险不可避免。人总要承担风险啊！现在风险无法避免了，我也就没了当初那份轻松。但当时的情况是这样的：不知不觉间四周完全变了样，机器剧烈地颠簸、摇晃，让人想吐，最主要的是那种无止境的坠落感，让人心惊胆战。我一时告诫自己绝对不能停，一时又赌气想停下来。我像个急躁的傻瓜，猛拉操纵杆，机器开始乱转，我一头飞了出去。

“仿佛一声惊雷在我耳边炸开，我吓得愣了片刻。冰雹无情地在我周围嘶嘶作响，我坐在柔软的草皮上，面前的机器翻倒在地。周围依旧一片灰暗，但耳朵很快就恢复了正常。我好像在一个花园里的小草坪上，周围是一片杜鹃花丛。我还注意到，深浅不一的紫色花瓣在冰雹的打击下纷纷飘落。冰雹就在时间机器上方的一片云团里，跳着，舞着，一阵烟似的朝地面砸来。很快我就浑身湿透了。‘用这样的方式来款待一位穿梭无尽岁月的访客，还真好哟。’我说。

“我心想，淋成这样真够蠢的。我起身四处张望，透过狂泻的冰雹雨，能看到杜鹃花丛外有一座巨大的雕像若隐若现，那显然是用某种白色石料雕成的。除此之外什么都看不清。

“我当时的感觉难以形容。冰雹开始稀疏，那白色雕像更清晰了。雕像非常高大，旁边一棵白桦树才到它肩膀。雕像的材质是白色大理石，有点像长着双翼的斯芬克司[1]，但翅膀不是垂在身侧，而是展开的，有种展翅翱翔的感觉。我觉得雕像的底座是青铜的，已铜锈斑斑。雕像的脸恰巧对着我，双目无神地注视着我，唇边隐隐带着一丝笑意。雕像被侵蚀

1 斯芬克司，即狮身人面像。

得很严重，显露出令人不愉快的病态。我站着看了一会儿——可能半分钟，也可能半小时。冰雹时急时缓，雕像似乎也随之时远时近。最后，当我费力地移开视线时，发现冰雹已稀稀朗朗，天空也亮堂起来，预示着太阳要露脸了。

“我再次抬头看向那个蹲伏的白色雕像，这才突然意识到这次旅行有多鲁莽。这层朦胧雨幕消退后会出现什么情况？人类变成什么样都有可能啊！万一他们残暴成性呢？万一他们已经没了人性，变成了野蛮、没有同情心、极其强大的物种呢？我可能会被当成旧世界的野兽，因为相似的外表而愈加令人恐惧、厌恶，被当作一种污秽的生物，毫不犹豫地被宰杀。

“此时我又看到了其他庞然大物——这些建筑异常高大，立柱高耸，护栏精巧。暴风雨渐渐减弱，朦胧中，我隐隐感觉到这些高楼和树木繁茂的山坡齐齐向我逼近。突然，一阵莫名的恐慌向我袭来。我急忙奔向时间机器，想奋力把它翻过来。我正用着劲，这时阳光透过雷雨照射下来，阴沉的雨幕如鬼影儿般一扫而空。头顶上，几团淡淡的黑云翻腾了几下，最后无影无踪，夏日的天空一片湛蓝。周围的巨型建筑越发清晰明朗，经过雷雨的洗礼后泛着水光，周围还堆着些未融化的冰雹，将建筑映衬得越发白亮。身处完全陌生的世界让我有种赤身裸体的感觉，就像一只晴空下的小鸟，知道老鹰随时会从上方扑来。内心由慌乱变成了狂乱。我吸了口气，咬紧牙关，手脚并用，又开始拼命和机器较劲。我使出全力，终于把它翻了过来，机器狠狠地撞上了我的下巴。我喘着粗气，一手抓鞍座，一手抓操纵杆，摆好了跨上机器的架势。

“但有了这个可以迅速撤退的后路之后，我的勇气又回来了。我更加好奇地，而不是惊恐地看着这个遥远的未来世界。在附近房子墙上较高的地方有个圆洞，我看到里面有一群穿着柔软华丽长袍的人。他们也看见了我，朝我这面张望。

“接着又听到有人正往这边走来。几个人正穿过白色斯芬克司雕像旁的杜鹃花丛往这儿跑，他们只露出头和肩，其中一个人已经到了通向这块草坪的小径上。这个人很瘦小，身高大概只有四英尺，穿着一件紫色长袍，腰上束了条皮带。我看不太清楚他脚上穿的是凉鞋还是半高统靴。他光着小腿，没戴帽子。看到这里我才发现天气竟然这么暖和。

“第一眼就觉得这是一种美丽优雅的生物，却带着难以形容的柔弱。他面色潮红，让我想起了肺结核患者的面色，也就是我们常说的病态美。看到他，我瞬间重拾了信心。我的手松开了机器。”

第五章
黄金时代

“转眼间我就和这个来自未来世界的柔弱小东西面对面地站在那里。他径直向我走来，看着我咯咯地笑，竟然一点也不怕，令我着实吃了一惊。接着，他转身和另外两个跟着他的人说话，他们的语言很奇特，听起来清澈悦耳。

“陆续有更多人过来了，不多时，我身边就围了一圈儿这种精致的生物，有八到十个，其中一个还跟我打了招呼。说来奇怪，我突然觉得自己的声音对他们来说可能太过沙哑低沉，于是摇摇头，指指耳朵，又摇摇头。他上前一步，略带犹豫地碰了碰我的手。接着，我感到还有其他柔软的小手在摸我的后背和肩膀。他们就想看看我是不是真的，这倒没什么好惊讶的。说实话，和这些漂亮的小家伙在一起能激发人的信心——他们温文尔雅，天真烂漫。而且，他们看上去太柔弱了，我觉得跟玩九柱游戏一样，自己一下能打倒他们十几个。竟然有粉红色的小手摸向了时间机器，我突然做出警告的动作。万幸还不算太迟，我想到了因一时大意而忽略的隐患，于是赶紧把机器上的启动操纵杆拧下来，装进口袋。然后，我转过身去，看看还能通过什么方式与他们交流。

“这时，我仔细端详他们，发现他们除了德累斯顿[1]陶瓷般精致之外，还有更多奇特之处。所有人都是卷发，只到脖颈和脸颊处，脸上一根毛发都没有，耳朵异常的小。小嘴薄唇，唇色鲜红，尖尖的小下巴。眼睛倒是很大，目光温和。他们对我竟连一丁点该有的兴趣都没有，我不禁怀疑自己是不是太自大了。

“他们只是围着我，自顾自地欢颜笑语，丝毫没有要和我交流的意思，无奈我只好先找话题了。我指指时间机器，又指指自己，迟疑了片刻，不知要如何表达时间，最后指了指太阳。有个穿着白紫相间格子外套、体形古雅漂亮的小家伙，立即随我往上指了指，还学了声雷鸣，这让我大吃一惊。

“他的意思再明显不过了，我也着实吓了一跳。一个问题突然冒出来：他们会不会是一群傻瓜呢？你们可能不明白我为什么这么想。要知道，在我的预期里，我一直觉得八十万年以后的人在知识、艺术和其他任何方面都会远远超过我们。

1 德累斯顿，德国萨克森州首府，以生产瓷器闻名。

但他们突然问了一个五岁孩子才会问的问题——问我是不是乘着雷雨从太阳那儿来的！这样，我先前对他们的服饰、纤细柔弱的肢体以及弱不禁风的相貌所做的判断本来已推翻了，现在又冒了出来。一股失望之感涌上心头，我突然觉得制造时间机器劳而无功。

“我点点头，指着太阳，活灵活现地模仿了一声雷鸣，把他们吓了一跳。所有人都退了一步，弯腰朝我鞠躬。过后，有人笑着走到我面前，拿了一串美丽的花环挂到了我脖子上，我从没见过这种花。这个点子赢得了一阵喝彩，于是所有人都跑前跑后摘花去了，再嬉笑着抛到我身上，最后我差点儿让花给埋了。你们若没亲眼见过，肯定想象不出，经过无尽岁月培育出的花儿到底有多么娇嫩艳丽。接着，有人提出应该把他们的‘玩物’放到最近的建筑里展览。于是，我就被领着走过了那座白色大理石雕成的斯芬克司像——它好像全程都在注视着我，含笑看着我一脸惊愕的样子——来到了一座恢宏的石头已受到侵蚀的灰色建筑前。走在这群人中间，我想起过去曾满怀期望，我们的后代会是多么深沉庄重、智慧卓绝，现在想来真是好笑。

“整座建筑大得出奇，还有个巨大的入口。眼前的入口张着大嘴，显得幽暗神秘，最引人注意的自然是那群越聚越多的小个子。我越过他们头顶往上看，整体印象就是一座废弃的大花园，灌木花卉乱作一团，疏于管理，倒没有杂草。我看到许多奇特的白花，很高，花瓣约一英尺宽，很光滑，像涂了层蜡。白花零星地分散在杂乱的灌木间，像野生的，但也不确定，因为没细看。时间机器就被丢在了草地上的杜鹃花丛中。

“入口的拱门雕饰得很华丽，我自然没有仔细观察，但经过时发现似乎是古代腓尼基人的装饰风格，已经损坏侵蚀得很严重，不禁有点惊讶。几个衣着鲜艳的人在门口迎接我，我们一起进了门。我的样子十分怪异：穿着灰暗的19世纪服装，脖子上挂着花环，而周围全是鲜亮柔软的长袍，白得发亮的四肢，还回荡着悦耳动听的欢声笑语。

“从大门进去后是一个比例与之相称的大厅，挂着褐色窗帘。房顶笼罩在阴影里，部分窗户装了彩色玻璃，柔和的光线正好能照进来。地上铺着某种大块的白色金属，不是金属片也不是金属板，而是整块金属，看上去很坚硬，但磨损很严重。一代又一代人来来往往，常走的地方已经凹了下去。大厅里横摆着数不清的光滑石桌，石桌约一英尺高，上面堆满了水果。大部分水果我都没见过，只认得几种，可能是生长过度的树莓和橘子。

“桌子之间散落着很多软垫。领我进来的人都在软垫上就座了，并示意我也坐下。他们没有任何客套或礼节，抓起水果就吃，把梗和皮随意扔到桌子两侧的圆洞里。我又饿又渴，也没讲究那么多，就学着他们大快朵颐，一边吃一边偷闲打量这个大厅。

“没想到这里会这么破烂不堪。彩色玻璃窗上只有一个简单的几何图案，很多地方出现了裂痕。窗帘上积了一层厚厚的灰，旁边大理石桌的角都裂了。尽管如此，整体看来还是很富丽堂皇的。大概有几百人同时在大厅用餐，大多数人都想跟我坐近点，他们饶有兴致地看着我，小眼睛在正在食用的水果上方闪闪发光。所有人都穿着丝质衣服，柔软又结实。

“顺便提一句，他们只吃水果。这些未来人是严格的素食主义者，我就算有吃肉的欲望也得忍着，只能跟他们一起吃水果。其实，后来我发现，马、牛、羊、狗这些动物都和鱼龙一样灭绝了。不过，这些水果非常美味，有一种尤其好吃，我在那里的时候它似乎一直是时令水果。三角形的外壳，粉质果肉，口感绝佳，我拿它当主食。起初我一直疑惑这些奇花异果是从哪儿来的，后来才知道它们的来源。

“总之，我现在给你们讲的就是在遥远的未来我吃水果晚餐的情景。吃饱之后，我就决定下力气学学这些新型人类的语言，这件事显然应该立即着手。从水果开始似乎比较方便。我拿起一个水果，一边问一边比画。想要表达我的意思还相当不容易。起初，他们惊讶地盯着我，或者哄堂大笑。不过很快，一个金发小家伙儿好像领会了我的意图，重复着一个名称。

他们互相叽叽喳喳说了很久，才把这件事解释清楚。我第一次努力学他们发出那种轻柔悦耳的声音，他们听了又乐不可支。我觉得自己就像个向孩子们请教的老师，软磨硬泡着，很快就掌握了十来个名词词组，接着是指示代词，再到‘吃’这个动词。但那是个慢活，而且这群小家伙儿没一会儿就累了，想要逃避我的提问。没办法，只能等他们愿意时再零零碎碎地教我。但不久我就发现他们每次能教的内容真的很少，我就没遇到过像他们这么懒散、这么容易疲劳的人。”

第六章
人类的衰落

“我很快就发现，这群小主人有点古怪，他们对任何事情都不感兴趣。他们会像孩子一样迫不及待、一脸惊奇地叫喊着朝我跑过来，又像孩子一样很快就没了兴趣，转身跑去找其他玩具。吃完晚餐，我和他们的初次交谈结束时，我才发现起初围在身边的那些人几乎跑光了。说也奇怪，我竟然也很快不去理会那些小家伙儿了。吃饱饭后，我就走出大门，来到了阳光照耀下的世界，一路上不时遇到这些未来人。他们会先跟上我一段，围着我有说有笑，然后对我友好地微笑做着告别的手势，最后留下我独自一人。

“走出大厅时，宁静的傍晚已经来临，暖暖的落日余晖映照着整个世界。起初我很困惑，这里与我熟知的世界迥然不同，连花都不一样。我走出来的那座建筑坐落在宽阔的河谷斜坡上，但泰晤士河已经不在现在的位置了，偏离了大约一英里。距此约一英里半处有座小山，我决定上去看看，那里视野会更开阔，我要好好看看公元 802701 年的地球。我得解释一句，这个年份是时间机器的刻度盘指示的。

“我边走边留意未来世界给我留下的每一个印象，以期来解释这个世界是在什么样的状况下从辉煌走向衰落的。这不，刚往上走了一段，就看到一大堆花岗岩，用很多铝材捆绑在一起。陡峭的墙壁和一堆垮塌的东西构成了一座巨大的迷宫。迷宫里长着一大片美丽的塔状植物，可能是荨麻属，叶子周围是一圈淡淡的褐色，很漂亮，也不扎人。这里显然是某个大型建筑的遗址，至于派什么用场的，我就无从知晓了。不久的将来，我在这里还会有一番奇遇，有更奇特的发现，等适当的时候再细说吧。

“我在一块平地上休息了一会儿，突然起了个念头，于是四处张望，竟然连一栋小房子都没看见。显然，已经没有独栋房子了，可能连家庭都消失了。青葱的草木之间，宫殿般的建筑随处可见，但具有英伦风情的宅院和村舍却消失得无影无踪。

“紧接着我又起了个念头。我看了看身后跟着的几个小个子，刹那间，我发现所有人不仅服饰一模一样，而且脸上也一样柔嫩光洁，四肢都如女子般圆润。你们可能觉得奇怪，为什么我之前没注意到？实在是因为这里的一切都古怪稀奇，所以到现在我才完全看清。现在我们已经在服装质地、图案上对不同性别有了明确的区分，这些未来人却没有区分，完全一样。在我看来，孩子完全就是他们父母的缩小版。于是，我猜测那时的孩子都异常早熟，至少身体上是这样的。后来，这一猜测得到了充分证实。

“这些人的生活十分安逸，所以我觉得两性趋同也是意料之中的事。因为男性的阳刚、女性的阴柔、家庭制、职业分化等特点只有在崇尚武力的好战时期才需要。在人口充足、性别均衡的情况下，过度生育对国家是灾难而不是福分。在没有暴力、后代安全的情况下，家庭的作用就降低了，甚至可以说完全没有必要了。适应孩子的需求的两性专业分工也消失了。其实在我们这个时代已经开始有这种趋势了，到未来就彻底完成了这一转变。我得提一句，这些都是我当时的猜测。后来我才发现，我的猜测与现实相差甚远。

“我正胡思乱想着，注意力忽然被一个相当小的建筑吸引过去了，好像一口井，上面有个圆顶。真奇怪，这个时代竟然还有水井，但这个念头一闪而过，接着我又继续思索了。此处到山顶之间没有大型建筑，我的脚力远远超过他们，因此，不一会儿我就把他们落在后，第一次独自一人行走。我怀着一种既自由又有点冒险的心态向山顶迈进。

“山顶上有一把黄色的金属椅子，扶手铸成了鹰首状——我认不出是哪种金属——半掩在柔软的青苔中，有些地方已经有了浅红色的锈迹。我坐了上去，夕阳下古老世界的景色尽收眼底。我从未见过如此赏心悦目的景色。太阳已经落到地平线以下，给西边的天空镀上了一层金色，天地相接处仿佛飘着一条绯红的彩带。山下是泰晤士河河谷，宛如一根锃亮的钢条。我之前就说过，这里草木葱郁，散布着许多雄伟的宫殿，有些已成废墟，有些尚在使用。在地球的这片荒芜之地，随处可见白色或银色的雕像，时不时就能看到些笔直矗立的圆顶塔或方尖塔。没有篱笆，没有产权的标志，没有农耕的痕迹，整个地球成了一座花园。

“我一边观察着，一边对所见的情形自行解读了一番，我的解读就是当晚形成的。（后来才发现自己只猜对了一半，或者说只看到了真相的一面。）

“我似乎凑巧来到了人类的衰落期。微红的落日让我想起了人类的没落。我第一次产生一个念头——这种出人意料的结局正是当今社会的种种行为导致的。但仔细想想，这种结局又非常合情合理。力量源于需求，安逸助长衰弱。人类一直在为改善生活条件而努力，文明的进步使生活越来越安定，最终到达了顶峰。人类共同努力，一次又一次战胜自然。

有些事情现在看来只是梦想，到那时就成了手到擒来的工程。而我还有幸亲眼见证了！

“毕竟我们今天的公共卫生和农业还处在初级阶段。当今科学只攻克了人类一小部分疾病，但科学仍持续稳定地发挥着作用。我们的农业和园艺还只能清除几根杂草、培育几株有益健康的作物，余下的大部分作物只能凭借自身求得生存。我们逐步通过选择性培育来改良自己最喜欢的作物和动物，但数量还是太少：不是新型改良过的桃子，就是无籽葡萄，要么是更香更大的花卉，再就是更方便饲养的牛。我们之所以不断改良，是因为我们的目标含糊不定，知识又非常有限。在我们笨手笨脚的尝试下，大自然也跟着畏畏缩缩。总有一天，一切都会更加井然有序，越来越好。尽管时有停滞，但这是潮流所向，势不可挡。整个世界的智慧、教养及合作水平都会提高，征服自然的进程会越来越快。最后，我们会谨慎而明智地调节动植物的平衡，以适应人类的需要。

“我敢说，在时间机器一跃而过的所有时空中，这种调节肯定已经完成了，而且完成得非常好。空中没有蚊虫，地上不长杂草、霉菌，甜美喜人的瓜果、花卉随处可见，色彩鲜艳的蝴蝶翩翩起舞。医学上疾病预防的理想已经实现，疾病已经绝迹。我停留期间没见过任何传染性疾病的迹象。就连腐败和衰落的过程都深受这些变化的影响，这个我后面还会细说。

“人类社会的丰功伟绩业已形成。我只看到未来人类住得富丽堂皇，穿得雍容华贵，却没看到任何人辛勤劳作。无论是社会方面还是经济方面，都没有任何相互倾轧的迹象。商店、广告、贸易等构成当今世界主体的一切商业形式都消失了。在那个金色的傍晚，我自然而然地想到了天堂社会这个词。我猜测，人口持续增长的问题已经得到了解决，可能已经停止增长了。

“但为了适应种种变化，人类自身势必也要做出改变。如果生物科学不是一派胡言，那么人类智慧和活力的缘由是什么呢？是艰难和自由。活跃者、强壮者、灵巧者得以生存，弱者被淘汰；这样的条件要求有能力的人精诚团结，这样的条件更需要自制、耐心和决断。家庭的建立以及由此产生的情感，如强烈的妒忌、对子女的慈爱、父母的献身精神，全都从年轻一代所面临的危险中找到了支持，证明了其正当性。而今哪里还有迫在眉睫的危险呢？因而一种新的情绪油然而生，它反对夫妻间的争风吃醋、强烈的母性特征，以及一切强烈的情感。这些情感现在已毫无必要，它们让人浑身不自在，成了野蛮时代的残渣余孽，与高雅舒适的生活格格不入。

“想到人们纤弱的身体、贫乏的智力，还有大片的废墟，我更加坚定了自己的信念：人类完美地征服了自然。大战之后是宁静。人类曾经强壮、有活力、有智慧，并利用其巨大的活力改变了生活条件。现在，环境改变后的反作用来了。

“在绝对安全舒适的新环境下，在我们那个时代被视作优点的旺盛活力，此时会成为弱点。当今时代也一样，某些曾经是生存必需的倾向和欲望，却成了绵延不断的失败根源。例如，血气之勇和好战之心在文明人身上没有任何作用，甚至可能成为阻碍。在物质平衡、环境安全的状态下，精力、智力和体力就显得格格不入了。我断定，这里已经无数年都没有发生过战争了，就连小规模的暴力事件都没有，也没遭遇过野兽攻击，更无须增强体质去抵御消耗性疾病，也不需要辛勤劳动。在这种生活环境中，我们所谓的弱者和强者一样能过得很好，其实已经不能称其为弱者了。弱者会更适合这种生活，强者反而会因多余的精力无处宣泄而烦恼。难怪这些建筑这么精美，那是人类完全融入新环境前最后的爆发，是精力无处宣泄的结果。人类在与自然的斗争中大获全胜，随即开启了漫长的大和平时代。在安定的环境中，人类的精力注定是这个结局：先转向艺术和色情，最终走向颓废、消亡。

“就连对艺术的追求最终也会消退，在我所见的这个时代，艺术追求已经离消失不远了。用鲜花装扮自己，在阳光下唱歌、跳舞，是他们仅存的艺术精神，除此之外再无其他追求。就连这点追求最终也会衰退，进而走向自我满足、无所事事的状态。痛苦和需求将我们打磨得机智敏捷，而现在看来，这块可恶的磨刀石终于碎裂了！

“夜色渐浓，经过这番简单的解释，我以为解决了这个世界的难题，掌握了这群可人儿的秘密。或许他们控制人口增长的手段太过成功，以至没能让人口保持稳定，反而越来越少，这就能解释为什么会有这么多废墟了。我的解释可谓简洁明了、有理有据——和大多数错误理论如出一辙！”

第七章
突如其来的打击

“我正站着沉思人类这一过于圆满的胜利，这时金黄饱满的圆月从东北方一片银辉中冉冉升起。那群欢快的小家伙儿停止了活动，一只猫头鹰无声飞过。夜晚的寒气冻得我浑身哆嗦，我决定下山找个地方睡觉。

“我四处寻找那幢熟悉的建筑，目光停在了那座青铜底座的白色斯芬克司雕像上。月亮升起来了，越发皎洁明亮，雕像也愈发清晰。我能看到雕像旁边那棵白桦树。灰白的月光下，那片杜鹃花丛成了一团黑影，还有那块小草坪。我又朝那草坪看了一眼，一阵狐疑令我洋洋自得之心凉了半截。我坚定地自言道：‘不，这不是那块草坪。’但这确实是那块草坪，因为斯芬克司那张布满斑点的惨白的脸正对着它。

你们能体会我当时的心情吗？绝对体会不到。时间机器不见了！

“我顿时像遭到当头棒喝。我想可能回不到自己的时代了，被遗留在这个陌生的世界，孤立无援。光是想想就觉得难受，像被人掐住了脖子，喘不过气来。我立刻陷入一阵恐慌，大步跑了起来，只顾往山下冲。其间一头栽倒在地，脸还划伤了，也顾不上止血，立刻跳起来继续跑，血顺着脸颊和下巴向下流。我边跑边对自己说：‘他们只不过是把机器稍微挪了个地方，推到旁边的灌木丛里去了。’嘴上这么说着，可我还是拼命地狂奔。此时，我深切并且极度恐惧地意识到，这样的确信其实是愚蠢的行为。直觉告诉我，机器已不知去向了。此时，我连呼吸都感到疼痛了。从山顶到草坪大约两英里，我只用了十分钟，要知道我已经不年轻了。我边跑边痛骂自己愚蠢，丢下机器不管，盲目自信。如此一来，白白费了口舌。我大声呼喊，没人回答。月光下的世界似乎连一个活物都没有。

“到达草坪时，我最怕的事成了现实：连时间机器的影子都没有。周围是一圈黑漆漆的灌木丛。面对空荡荡的草坪，我只觉头晕眼花、浑身冰冷。我发疯似的四处乱窜，仿佛机器就藏在某个角落，然后又突然停住，双手死死揪住头发。那座青铜底座上的白色斯芬克司雕像在我眼前矗立着，在月光照耀下显得苍白，满脸斑点，发着亮光，仿佛在嘲笑我的灰心丧气。

“若不是知道那些小人儿体力、智力都不够，我说不定会安慰自己，是他们帮忙把机器收起来了。总觉得有一股未知的力量介入了，所以我的发明才会无故消失。好歹还有一点让我比较放心：除非其他时代也造出了一模一样的机器，否则时间机器还在这个时空。因为我提前卸下了操纵杆，谁都别想胡乱捣弄，稍后我会向大家演示具体的操作方法。机器只能在空间上移动，被搬走藏了起来。关键是到底藏到哪儿了呢?

“我当时肯定急疯了。我只记得自己围着斯芬克司雕像在月光下的灌木丛里横冲直撞，好像惊动了某种白色动物。当时光线昏暗，我还以为是只小鹿。我还记得，那天深夜，我握紧拳头在灌木丛里四处敲打，指关节被断枝划得血淋淋的。而后我向那幢石头大厦走去，悲痛地边哭边骂。大厅里一片漆黑，寂静无声，杳无人迹。因地面不平整，我被绊了一下，撞上了一张孔雀石桌，差点没把小腿摔断。我划了根火柴，穿过之前提到过的积满灰尘的窗。

“里面又是一个大厅，地上铺着软垫，上面睡着二十来个小人儿。我突然从黑暗中闯进去，嘴里念念有词，加上划火柴的声响和亮光，他们肯定觉得我再次出现非常奇怪。他们不知道火柴这种东西了。‘我的时间机器呢？’我一边像个孩子一样愤怒地大喊大叫，一边抓着他们摇晃。这肯定令他们觉得很古怪。有些人笑了出来，但大多数人吓得不轻。看到周围这群小人儿，我猛然意识到自己的行为真是愚蠢透顶，竟然想再一次唤起他们的恐惧感。从他们白天的行为来看，恐怕已经不知恐惧为何物了吧。

“我一把扔掉火柴，推开一个挡路的小人儿，踉跄着穿过大厅，又来到了月光下。身后是一片惊恐的叫喊，还有小脚丫儿东奔西跑、跌跌撞撞的声音。月亮已经爬上了夜空，我完全不记得自己做过什么了。肯定是时间机器的丢失太出乎意料，我才会这么疯狂的。和自己的同类断绝了联系，成了未知世界的陌生动物，这太让人绝望了。我当时肯定是一阵咆哮、怒吼，诅咒上帝和命运的不公。我记得后来筋疲力尽，在绝望中度过了漫漫长夜；还记得到处搜寻，各种不可能的地方都找了，就连废墟都摸索了一遍，还在阴影里摸到了某种奇怪的生物。最后，我躺在斯芬克司雕像旁边的地上哀叹着睡了过去。除了悲痛凄凉，我一无所有了。醒来时天已大亮，一对麻雀在草坪上跳来跳去，它们离我很近，触手可及。

“清新的早晨，我坐在那儿，努力回忆自己为什么会在这里，为什么会有被遗弃、绝望的强烈感觉。不一会儿，昨天的情形清晰地浮现在了脑海里。日光清晰、通透，我终于可以正视自己的处境了。我意识到了昨晚愚蠢、疯狂的行为，现在可以说服自己了。我自言自语道：‘最坏会是怎么样呢？最坏也不过是机器丢了或者坏了。我应当沉着冷静、耐心应对，应当学习这里的生存之道，弄清楚机器是怎么丢的；还得想办法找原料和工具，说不定最后还能再造一台呢。’这可能是我唯一的希望，或许渺茫，但至少比绝望强。毕竟这是个美丽又奇妙的世界。

“机器可能只是被搬走了而已。但就算这样，我还是应该沉着冷静、耐心应对，找到机器的藏匿之处，用武力或计谋把它夺回来。想到这里，我爬了起来，举目四望，想找个能洗澡的地方。经过旅行，我风尘仆仆、浑身乏力、四肢僵硬。早晨的空气这么清新，我也想变得面目一新。情绪已经宣泄完了，现在回想起来，完全想不通昨晚怎么会那么疯狂。我仔细检查了一遍那块小草坪，还竭力向路过的小人儿打听，结果纯粹是浪费时间。根本没人理解我的手势，有些人干脆熟视无睹，还有些人当我在开玩笑，一个劲儿冲我笑。我极力克制，才没朝那些漂亮的笑脸打过去。这是个愚蠢的冲动，但是魔鬼诞生于恐惧和盲目的愤怒，往往管束不住自己，还急于要利用我的困惑。草坪反倒提供了线索。我发现草坪上有一道拖行留下的凹痕，就在斯芬克司雕像底座和我的脚印中间，那些脚印是我刚到这里时奋力翻转机器时留下的。这里还有其他移动过的痕迹，是一串怪异的脚印，很细，像树懒留下的。这个发现让我得以近距离观察那个底座，我之前说过，底座是青铜材质的，但不是简单的一大块，而是装饰华丽，四面嵌了镶板。我上前敲了敲，发现底座是中空的。我又仔细检查了镶板，发现它们没和框架连在一起。没看到把手和钥匙孔，但如果我没猜错的话，那些镶板应该能像门一样从里面打开。现在已经很明显了，用不着大费周折去找了，时间机器就在这个底座里。是谁把它弄进去的，这是另外一个问题了。

“这时两个穿着橙色衣服的人穿过灌木丛向我走来，正走到花团锦簇的苹果树下。我笑着招呼他们过来。他们过来了，我指了指那个青铜底座，意思是要把它打开。我刚往那一指，他们立刻变得很怪异，我不知道该怎么描述他们的表情。假如你向一位优雅的女士打了个特别粗鲁的手势，她就会露出那种表情。他们急匆匆地走远了，好像受了奇耻大辱。我又找了个穿白衣服的可爱小男孩儿，结果也一样。不知怎的，他的态度让我觉得很羞愧。但我想拿回时间机器，无奈又试了一次。当他像其他人一样转身走开时，我勃然大怒。我三步并作两步追上了他，一把揪住他的衣服领子，往斯芬克司雕像那儿猛拽。他脸上竟然露出了惊恐、嫌恶的表情，我一下子放开了他。

“但我没有就此放弃，而是抡起拳头在青铜镶板上一阵猛砸。里面好像有动静——准确地说，我似乎听到了一阵咯咯的笑声——肯定是听错了。然后，我从河里搬来一块大鹅卵石，拼命地砸镶板，把一圈装饰都砸平了，铜锈一片片剥落。那些纤弱的小人儿肯定在一英里外都能听见我一次次猛烈的敲打，但他们什么反应也没有。山坡上有一群人，正在鬼鬼祟祟地往这边看。最后，我又热又累，只好坐下看着。但我又坐立不安，不甘心就这么看着。我是典型的西方人，不喜欢干守着。我可以花好几年研究一个问题，但要我一天一夜干等着，那就另当别论了。

“我坐了一会儿就起身了，漫无目的地穿过灌木丛，又上山了。‘耐心应对，’我对自己说，‘如果你想拿回机器，就不能再守着那座斯芬克司雕像了。如果他们真想要你的机器，你就是砸毁那些铜镶板也没用；如果他们不想要，等你开口要时他们自然会还给你。你面前是个难解之谜，有太多未知的东西，那样干坐着是没有希望的，只会导致精神错乱。要面对这个世界，学习这里的生存之道，好好观察，不要随意揣测。最后一定会发现线索。’我突然觉得眼前的情形真是滑稽：这么多年的潜心研究、埋头苦干，一心想着进入未来，如今置身其中却又急于脱身。我可真是给自己挖了个史上最复杂、最绝望的陷阱。虽然倒霉的是我自己，但也没办法。

我忍不住笑了。

“穿过那座巨大的宫殿时，我觉得那些小人儿似乎在躲着我。可能是我想多了，也可能跟我砸青铜门有关，但我明显感觉到他们在躲我。我故意装出不在乎的样子，也不去追他们，如此一来，一两天后就恢复正常了。我在语言上取得了一定进步，还逐步扩大了探索范围。不知是我忽视了某些微妙之处，还是他们的语言本身就过于简单。他们的语言竟然几乎全部由名词和动词组成，几乎没有抽象词，也不用形象语言。句子结构很简单，一般由两个词组成，但我只能表达和理解最简单的提议。我决心先将时间机器和斯芬克司雕像下神秘的青铜门搁在一边，等深入了解之后，这些问题自然就解决了。可是，你们也许明白，某种感觉将我困住了，把我拴在了我到达地点方圆几英里的范围。”

第八章
解释

“就我目前所见，这个世界呈现出与泰晤士河谷一样繁荣富饶的景象。每次登山远眺，看到的都是同样富丽堂皇的大厦，但建筑材料和风格各异，还有丛生的常绿灌木，缀满鲜花的乔木和树蕨。时不时能看到波光粼粼、银光闪闪的河流。远处，大地、山峦连绵起伏，与澄澈的蓝天融为一体。一种奇怪的特征吸引了我的注意，那是某种圆井，我看了一下，这样的圆井有好几口，似乎非常深。我第一次上山，在路上就看到一口，和其他圆井一样，青铜镶边，锻造精巧，还有个防水的小圆顶。我不止一次坐在井边往下看，里面黑洞洞的，一丝水光也看不见，点燃火柴也没有反光。但每口井里都传出一种声音：砰—砰—砰，像是某种大型发动机在振动。

我还发现，每次火柴的火苗都闪烁不定，说明有股气流在不停往井里涌。我还扔过一次纸片，纸片不是慢慢飘下去的，而是瞬间就被吸了进去。

“没过多久，我就把这些井与坐落在山坡上的高塔联系了起来。因为经常能看到那些高塔上方空气颤动，犹如烈日炙烤下的沙滩。整合了种种线索之后，我觉得这极有可能是一套庞大的地下通风系统，但具体用途就不得而知了。起初我以为这是他们的卫生设施，这种推论看似显而易见，结果却大错特错。

“我必须承认，身处这个真实的未来世界期间，我对这里的排水、鸣钟以及交通方式等便利设施了解甚少。我读过一些关于乌托邦和未来世界的书籍，其中有大量关于建筑、社会制度等内容的细节描写。当整个世界都任凭你想象时，各种细节自然信手拈来。但对于一个像我这样真正置身其中的时间旅行者来说，一切都难以表述。就好比一个刚从中非来到伦敦的黑人，怎样才能把所见所闻带回部落？铁路公司、社会运动、电话和电报线、包裹递送公司、邮政汇票……他能了解多少？就算我们愿意跟他解释这些东西，就算他了解了，他又能让那些从没来过的朋友理解或相信多少呢？想想我们同时代的黑人和白人的差距有多小，就知道我和这个黄金时代的人的差距有多大！我很清楚，有很多东西我都没看到，少了这些东西，生活绝对没这么自在。我只能描述一个大致印象：自动化系统。除此之外恐怕传达不出更多差异之处了。

“就拿丧葬来说吧，我看不到任何火化或坟墓的痕迹。但转念一想，墓地（或火葬场）这类东西总该有吧，可能在我探索的范围之外。我特意给自己找了个难题，却百思不得其解，这让我的好奇心受到了打击。这件事让我深感困惑，而由此留意到的另一件事则令我更加困惑：这里看不到年老体弱的人。

“我起初提出过自动化文明和人类衰落的理论，还为之洋洋自得，现在必须承认，这些理论站不住脚。但实在想不出其他解释了。先说说我错在哪里吧。我去过的几座大宫殿全都只有日常活动、吃饭和睡觉的地方，找不到任何机械设备或者电器。但这些人穿的全是精美的织物，肯定需要经常更新。还有他们的凉鞋，虽然没什么装饰，但都是样式相当复杂的金属制品。不管怎么说，这些东西总要人去制造啊。在这群小人儿身上看不到一丝创造力。他们没有商店，没有作坊，甚至没有任何贸易的痕迹。他们把全部时间都拿来玩文雅的游戏，在河里洗澡，谈情说爱，吃水果，还有睡觉。我实在不明白这种生活是怎么维持的。

“下面，还是来说时间机器吧：我不知道是什么东西把时间机器搬到了白色斯芬克司雕像底座里。为什么要这么做呢？我绞尽脑汁也想不出个所以然。还有那些枯井、那些引起空气颤动的柱子。我感觉就缺一条线索，我感觉——怎么说才好呢？就好比你发现一篇碑文，句子都是异常清晰明了的英文，偏偏又掺杂了一些完全看不懂的词语，就连字母都不认识，这时你会有什么感觉？来到未来的第三天，802701年的世界就是以这种方式呈现在我眼前的！

“就在那一天，我交了一个朋友——算是朋友吧。事情经过是这样的：当时我看见一群小人儿在一片浅滩里洗澡，其中一个突然抽筋，开始往下游漂去。主河道水流湍急，但水性一般的游泳者都能应对。一群人眼睁睁看着同伴往下沉，对那虚弱的呼救声无动于衷，丝毫没有救人的意思。这个场景不禁让人觉得这些生物真是软弱得可怕。我反应过来后立马甩掉衣服，从下游蹚过去，接住了那个可怜的小家伙儿，把她安全带上岸。我稍微帮她按擦了一会儿四肢后她就醒了，看到她没事我就放心地离开了。她同类的做法让我心寒，我也没指望她会感激我。但这次我想错了。

“这件事发生在上午。下午我又见到了这个小女人，我确信就是她。当时我外出去探索刚好回来，她欢呼着迎上来，送给我一个大花环——显然是专门为我做的。可能是这段时间备受冷落，我一时不知如何是好，竭尽全力表达了我对这份礼物的喜爱。不一会儿，我们就坐在一座小石亭里聊天了，主要方式是互相微笑。她那孩童般的友善感染了我，我们互赠鲜花，她亲亲我的手，我也亲了她的手。我试着跟她交谈，得知她叫韦娜。虽然不知道这个名字的含义，但是觉得跟她很配。一段特别的友谊就这样开始了，但仅维持一周就结束了，原因我稍后再告诉你们。

“她像孩子一样，一直黏着我，我去哪儿她都想跟着。我第二次外出时就想着把她累垮，最后让她筋疲力尽，在后面哀号哭喊。这个世界的难题必须得解决。我来到未来又不是为了谈情说爱的。但我撇下她时她异常悲伤，苦苦地求我。她的这份热情让我感到了莫大的安慰，同时也成了我的困扰。我以为她对我只是一种孩童般的依恋，但直到后来分离，我才清楚地认识到给她带来了多大的痛苦，才明白她对我有多么重要，可惜为时已晚。因为喜欢我，她一直尽力关心我，尽管能力有限。这个小娃娃一样的家伙，让我每次回到白色斯芬克司雕像附近都有种回家的感觉。每次翻过山头，就急着搜寻她那白金色的小身影。

“也是从她身上，我才知道这个世界还有恐惧这样的情绪。白天她无所畏惧，对我异常信任。有一次，我开玩笑对她做了个鬼脸，逗得她哈哈大笑。但她怕黑，怕阴影，怕一切黑色的东西，能让她害怕的唯有黑暗。这种恐惧太过强烈，我不禁开始观察，思考。后来我发现了很多情况，其中之一是：天黑之后这些小人儿全都聚在大房子里，挤在一起睡。要是有人不点灯就接近他们，绝对会引起一阵恐慌。天黑之后我从没见过谁踏出门口一步，也没见过谁一个人睡。我真是榆木脑袋，竟然没有深究这种恐惧的来源，还不顾韦娜反对，坚持与那些呼呼大睡的小矮人分开睡。

“这让她十分担心，但最后她对我那种奇怪的情感占了上风。在我们认识后的五个夜晚里，包括最后一夜，她都是枕着我的胳膊睡的。一说到她我就扯远了。救她的前一天晚上，我睡得很不安稳，辗转反侧，噩梦连连，梦到自己溺水了，海葵柔软的触须拂在我的脸上。黎明时分我猛然惊醒，迷糊中似乎看到了某种灰不溜秋的动物冲了出去。我原想再睡会儿，但一直心神不宁，翻来覆去睡不着。天还没亮，泛着暗灰色，眼前的景物仿佛正从黑暗中爬出来，颜色晦暗，但轮廓分明，给人以虚幻之感。我起身穿过大厅来到宫殿前的石板路上，心想，既然睡不着不如起来看日出吧。

“月亮快落山了，月光黯淡，夹杂着黎明的灰白，半明半暗，阴森森的。灌木丛漆黑如墨，地面泛着幽幽的灰白，天空一片惨淡，没有一丝光彩。我心想，没准山上还能看到鬼。我的目光扫过山坡，好几次都看到了白色的身影。有两次看到一个白猿似的生物飞快地往山上跑，还有一次在废墟附近看到了一群这样的生物抬着个黑乎乎的东西。它们跑得飞快，还没看清是什么，就消失在了灌木丛里。当时天还没亮，大清早那么冷，人也不清醒，我怀疑自己是不是看走眼了。

“渐渐地，东边天空放亮，白日的光芒又回来了，世界又变回了色彩缤纷的样子。我仔细扫视了一圈，没看到任何白色身影。看来这种生物只有半明半暗时才出来。‘绝对是鬼，’我说，‘也不知道是哪个年代的鬼。’我突然想到格兰特·艾伦的一条怪论，不禁乐了。他提出，如果每一代人死后都变成鬼，世界终将鬼满为患。按照这个说法，八十万年后鬼就多得数不清了，难怪我一次就看到了四个。玩笑归玩笑，解决不了任何问题，那些身影一上午都在我脑中挥之不去。一直到解救韦娜，才把那些身影丢到脑后。我隐约觉得，这些身影和我第一次拼命搜寻时间机器时惊起的白色动物有某种关联。可爱的韦娜转移了我的注意力，但该来的躲不掉，不久之后它们又死死地缠上了我。

“我应该说过，这个黄金时代的天气要比我们现在热得多。不知是什么原因，可能是太阳温度升高了，或者地球离太阳更近了。一般人都认为未来太阳的温度会逐渐降低，那是因为他们不熟悉小达尔文的推断，忘了行星最终必将一个接一个地汇入母体。当这些灾难发生时，太阳将爆发新的能量，有些最接近的行星说不定已经遭此厄运。管他什么原因呢，反正那时的太阳比现在热得多。

“一个特别炎热的上午——我觉得是第四天——我正绕着吃饭、睡觉的那幢大房子转悠，想在大片废墟中找个凉快地方，这时一件怪事发生了：我在石堆里爬上爬下，发现了一条狭窄的走廊，出口和两侧的窗户被掉落的石块堵住了。与外面的强烈光线相比，这地方黑得密不透气。我摸索着走了进去，一明一暗的交替让我眼冒金星。我突然像中了魔咒似的停了下来。有一双眼睛，在日光反射下闪闪发亮，在暗处盯着我。

“惧怕野兽这一古老的本能向我袭来。我握紧拳头，紧紧地盯着那双发光的眼睛，连身也不敢转。我猛然想到，在这个世界上，人类的生活环境不是绝对安全吗？可转念又想起他们面对黑暗时异乎寻常的恐惧。等恐惧稍微减轻一些时，我上前一步开口说话了，声音沙哑，不由自主。我伸出手，摸到个软乎乎的东西。那双眼睛立即朝旁边看去，有个白色的东西从我身边跑了过去。我转过身，心提到了嗓子眼，看到了一个猿猴似的古怪身影，勾着头，看起来很别扭，匆匆穿过我身后有阳光的地方。由于跑得太急，它撞上了一块花岗岩，打了一个趔趄，转眼又藏到了另一堆废墟的阴影里。

“我当然没看清它的样子，只知道它肤色惨白，一双暗红色的大眼睛很是怪异，头上和背上有淡黄色的毛发。但它跑得太快，我根本看不清。甚至说不准它是不是四肢着地，也可能前肢没着地，只是垂得很低。我停顿了片刻，又跟着它进了第二堆废墟。起初我没找到它，但在暗处待了一会儿，发现了一个类似圆井的洞口，就是我之前提到过的那种，洞口被倒下的柱子堵住了一半。我灵机一动，那东西不会顺着井壁下去了吧？我点了根火柴，往下一看，果然看到一个小小的白色生物正往下走。它的眼睛又大又亮，一边往下走一边死死地盯着我，让我不寒而栗。太像人形蜘蛛了！它正顺着井壁往下走，我这才注意到井壁上有很多金属扶手和脚蹬，像一排梯子。这时火柴烧到手了，我赶紧扔掉，火柴灭了。接着我又点了一根，但那只小怪物已经不见了。

“我不知道坐在那儿往井里看了多久。我花了很长时间，还是无法相信我看到的那个东西是人。但我渐渐想明白了：未来并非只有一个人种，而是演化出了两种截然不同的人种。我们的后代不只是地上世界那些优雅的小矮人，在我面前一闪而过的那个苍白丑陋的夜行怪物也是人类的子孙。

“我想起了那些令空气颤动的柱子，还有我的地下通风系统的理论，不禁开始怀疑这些柱子的真正用途。我想不明白的是，在这个完全平衡的系统里，这个狐猴一样的东西到底扮演了怎样的角色？它和美丽的地上居民所表现出的懒惰安逸有何关联？井底又藏着什么呢？我坐在井沿上对自己说，没什么好怕的，只有下去了才能找到答案。但我还是怕得要死，不敢下去！我正犹豫着，两个美丽的地上世界的小矮人跑了过来，笑闹着从太阳底下跑进了阴影里。男的追女的，边跑边朝她扔鲜花。

“当他们看到我趴在那根倒下的柱子上往井里看时，好像很反感。显然，他们极其厌恶这些圆井。因为当我指着这口井，想方设法用他们的语言提问时，他们明显更加反感了，直接扭头不理我。但他们对我的火柴很感兴趣，我又划了几根讨好他们。接着又问了一次关于那口井的问题，自然还是一无所获。我只好放弃，想回去问问韦娜，说不定能从她那儿打听点儿消息。但我的脑子已经活动开了，原先的猜想和印象纷纷推倒重来，做了新的调整。现在我有了一条线索，从这些井的用途到通风塔，再到鬼影之谜，全都串起来了。青铜门的作用，还有时间机器的下落都有了头绪！我还隐约觉得，令我困惑不解的经济问题似乎也有了答案。

“我的新观点是这样的：显然，第二个人种生活在地下，他们极少到地面来是由于长期地下生活习惯的结果。有三种特征为证：第一，苍白的肤色，这在长期生活在暗处的动物身上很常见，例如肯塔基洞穴白鱼；第二，能反射光线的大眼睛，是夜行生物的常见特征，看看猫头鹰和猫就知道了；第三，怕见阳光，一到阳光下就惊慌失措地往暗处逃，还有那别扭的摆头姿势。这些特征全都证实了一点：他们的视网膜极其敏感。

“那么，我脚下必然有着庞大的隧道系统，这些隧道正是这个人种的栖息地。除了河谷地区，山坡上到处都是通风管道和井口，由此可见，隧道纵横交错。那么，维持地上人种安逸生活所需的种种工作，就是在这个人工建造的地下世界完成的。这么推测不是很自然吗？这一想法再合理不过了，于是我立即接受了，接着就开始猜测人种是如何分化的。我敢说，你们大体能看出我的理论雏形，尽管没过多久我就发现自己的理论与真相相去甚远。

“先从我们自己时代的问题出发。显而易见，当前劳工和资本家之间的社会差距在逐渐扩大，这正是人类分化的症结所在。你们肯定觉得这个观点荒诞可笑，简直不可思议！但现有的情形确实已经有了这种趋势。开发利用地下空间以建设城市设施，例如，伦敦大都会的铁路、新型电气化铁路、地铁，还有地下作坊和地下餐厅，这些设施还在不断扩展。我认为，这一趋势一直在发展，直到工业逐渐丧失了它在地面上的特权。我的意思是，地下工厂越钻越深，越建越大，工人在地下的时间越来越长，直到最后——即便是现在，伦敦东区的工人不就生活在这样的人造环境中，实际上与地面相隔绝吗？

“再有，无疑是由于富人所受的教育日趋完善，贫富之间的鸿沟日益加大，再加上穷人的粗野狂暴，富人为了自身的利益而出现独占、独霸的趋势，圈占了地上大部分区域。以伦敦为例，美丽的乡村区域约有一半土地都被富人圈占了。另外，高等教育周期长、费用高，加上富人对精致生活的向往及相应设施的增加，同样引发贫富鸿沟日益加大，使得阶级之间的交流越来越少，有助于减缓阶层分化的通婚行为越来越罕见。最终，富人在地上拥有一切，追求享乐和美好；而工人在地下一无所有，只能不停地适应工作环境。就算在地下，为了洞穴通风肯定还要支付昂贵的租金。如果他们拒付，就得饿死或者窒息而死。他们中的贫苦者和叛逆者都是死路一条。最后富人和穷人达成了永久性的平衡，幸存者完全适应了地下生活，也能和地上世界的人一样开心快乐。在我看来，地上的雅致美丽和地下的病态苍白也就自然形成了。

“我梦寐以求的人类伟大胜利竟是另一副模样，完全不是我想象中的道德教育和通力合作的胜利。恰恰相反，我看到的是真正的贵族统治，配备了完善的科学，将当今的工业体系推到一个符合逻辑的结果。它的胜利不仅仅在于征服自然，而在于在征服自然的同时也征服了自己的同胞。我要提醒一句，这只是我当时的理论。我并没有在乌托邦书籍里找到现成的参考。我的解释也许完全错了，但我到现在都觉得这样解释最合理。就算这个假设成立，最终得来的平衡的文明社会也早就过了鼎盛期，进入衰落期了。地上居民的生活过于安逸，以致逐渐退化，身高、体力和智力普遍下降。那一点是我已经看得很真切的。至于地下居民的变化，我还不确定。但就我见过的莫洛克人（顺便提一下，这就是他们的名称）来看，完全可以想象，这个人种的变化绝对超过我已经熟知的美丽的艾洛伊人。

“那么让人挠头的疑问来了：莫洛克人为什么要搬走我的时间机器呢？我确定就是他们搬走的。既然艾洛伊人是主人，为什么不直接帮我把机器要回来呢？他们又为什么那么惧怕黑暗呢？我之前说过，要跟韦娜打听地下世界的事，但结果令我失望。起初她没听懂我的问题，后来又拒绝回答。她浑身颤抖，仿佛接受不了这个话题。我继续逼问，可能有点粗暴，她竟然哭了起来。除了自己的眼泪，这是我在这个黄金时代第一次看见眼泪。见此情景我立即把莫洛克人抛到脑后，一心只想抹去韦娜眼里这一继承了人类的痕迹。我煞有介事地划了根火柴，她立刻破涕为笑，拍起手来。”

第九章
莫洛克人

“在你们看来可能有点奇怪，但直到两天后，我才沿着正确的路径去跟踪新发现的线索。那些苍白的生物给我一种瑟瑟之感。它们就像动物博物馆里浸泡在酒精中呈半漂白色的蠕虫，触摸上去冷冰冰的，令人作呕。也许我的缩手缩脚主要是受到艾洛伊人同情之心的影响。他们对莫洛克人的厌恶，我现在开始理解了。

“第二天晚上，我没睡好。也许我的健康出了点问题，困惑、疑虑让我感到压抑。有那么一两次，我有一种很强烈的恐惧感，也说不上是什么原因。记得有一次我悄悄地摸进一个大展厅，看见一些小人儿在月光下睡觉。那个晚上，韦娜和他们在一起。因为他们的存在，我心里感到踏实了点儿。

即便在那个时候，我还是忧心不已，因为再过几天，月亮就要被遮蔽了，夜晚会更黑。那时，这些讨厌的东西、这些白色的狐猴、这种蜕变后的新害虫会大量出现。这些天来，我有一种逃避责任的不安之感。我感到时间机器只有通过揭开这些地下之谜才能拿回来，但是我无法面对这个谜。假如我有个伴儿，情况就不同了。但是我是那么的孤单，就连爬到黑漆漆的井里都让我心惊胆战。我不知道你们是否理解我的感受，但我总是感到自己身后极不安全。

“也许正是这种躁动不安、不安全感驱使我去进行野外探索。我朝着西南方向走，来到一个乡村高地，也就是现在的科姆伍德。在19世纪的班斯特德方向，我观察到远处有一个巨大的绿色建筑，与我之前看到的其他建筑风格迥异。这比我见过的最大的宫殿或废墟还要大，其正面带着东方风情：表面有光泽，带着淡绿色彩，一种蓝绿相间的颜色，像是某种中国瓷器。外观的差异表明了其用途的差异，这驱使我继续去探索。但是天色已晚，经过漫长、劳累的转悠我才看到这个地方，因此决定第二天再去冒险，于是我回到了小韦娜欢迎的怀抱。但是到了第二天早晨，我清楚地意识到，我对那青瓷宫殿的好奇心不过是自欺欺人，只是为了逃避某种令我害怕的任务。我决定往下走，不再浪费时间，因此一大早就朝着由花岗岩和铝材堆成的废墟旁边的一口井进发了。

“小韦娜跟随我跑着，一路手舞足蹈地来到井边，但当她看到我在井口俯身朝下看时，显得很惊慌。‘再见，小韦娜。’我对她说，并吻了吻她，然后将她放下来。我开始在栏杆内侧摸索可供攀缘的铁钩。我承认自己当时有点急切，因为我担心一旦停下就会勇气全无！一开始，她呆呆地看着我，之后凄凉地大叫一声，朝我跑过来，用小手拽我。我觉得她的反对反而让我更加鼓起勇气继续往前。我有点粗暴地甩开了她，不一会儿就攀上了井口。我看到了栏杆外她那张苦楚的脸，于是朝她笑笑，让她放心。之后我不得不看着那些我登攀时会用到的并不牢固的钩子。

“我必须沿着大约两百码深的竖井攀爬。井的四周有突出的金属杆子，我可以顺着往下爬。不过这些杆子只适合比我小得多、轻得多的人使用。向下攀爬很快让我脚抽筋，人疲乏。其中一根杆子在我的重压下弯曲了，差点将我甩出去，掉到黑洞洞的井底。有那么一会儿，我用一只手吊着，有了这样的经历后我不敢再停歇了。虽然我的双臂和背都很酸痛，但还是继续往下爬，尽可能快一点儿。我朝上看，看到井口像一个蓝色的小碟子，通过这个碟子还能看到一颗星星，而小韦娜的头则像一个圆圆的黑色物体。下面机器发出的突突声越来越响，越来越令人压抑。除了那个小碟子，上面一切都是黑漆漆的。当我再抬头看时，韦娜不见了。

“我受尽了煎熬，很想马上爬出竖井，不去管什么地下世界了。但是即便这个念头在我脑子里打转，我仍然向下爬着。令人欣慰的是，我终于发现右边的墙上出现了一个小洞，依稀可见墙洞里有一只脚在走动。我挣扎着将身体挤进洞里，发现那是一条水平隧道的狭窄入口，于是在里面躺下来休息了一会儿。没过多久，我的手臂酸疼起来，背也痉挛了，因为之前老是担心掉下去，身体一直处于不断的颤抖中。此外，那无尽的黑暗让我的眼睛痛苦不堪，空间里充满了机器向井里打气的嗡嗡声。

“我不知道躺了多久。一只柔软的手触碰我的脸，将我唤醒。我在黑暗中站了起来，一把抓过火柴，匆匆划了一根，看到三个白色东西蹲在那儿，与我先前在地面废墟上看到的很像。见到光亮，他们匆匆退却了。因为生活在巨大的黑暗中，他们的眼睛特别大，特别敏感，就像深海鱼类的瞳孔，同样反射亮光。毫无疑问，他们能在这暗无天日的环境里看到我。除了对亮光外，他们好像不惧怕我。但是，在我划火柴想看清他们时，他们一溜烟地跑了，消失在黑黑的地沟和隧道中，在那里用极其怪异的眼神盯着我。

“我试着和他们打招呼，但他们的语言显然与地上世界的语言不同，因此孤立无援的我只得自己想办法。之前想要逃跑的念头此时又在我的脑海里浮现，但是我对自己说：‘现在你别无选择。’我顺着隧道摸索着，发现机器的声音越来越响了，墙也在我面前消失了。我来到一个开阔的空间。我又划了根火柴，发现自己来到了一个巨大的拱顶洞穴，洞穴幽深可怖，我能见到的就是火柴燃烧能看到的景象，火光之外是无边无际的黑暗。

“我的记忆已经很模糊了。只记得形似大型机器的庞然大物在暗淡的光线中若隐若现，投下了怪异的黑影。幽灵鬼怪似的莫洛克人躲避着刺眼的亮光。顺便说一下，这地方很沉闷，很压抑，空气中弥漫着一股淡淡的血腥味。稍往下走，在洞穴中央有一张金属桌子，上面好像摆着饭菜之类的东西。莫洛克人肯定是食肉动物！即便在那个时候，我记得自己还这样想：什么样的大型动物能够幸存下来，可以提供我所见到的那么一大块红色的肉呢？一切都很模糊：那浓烈的气味，大而无当的形状，那些污秽不堪、躲在阴影里的身影。他们在等待着黑暗，好再次向我发动袭击。火柴燃尽了，烫到了我的手指，掉到地上，在黑暗中留下一个蠕动的红点。

“此时我才意识到，对于这种经历，我的装备是多么寒碜。在我乘坐时间机器开始探险时，我就抱有这种荒唐的假定：未来的人一定会在器具上超过我们。我没带武器，没带药，没带香烟一类的东西——有时我特别想念烟丝！甚至连火柴也不够。但愿我想到了带一台柯达相机来，这样就可以在瞬间把地下世界拍摄下来，等以后有空的时候再研究。但事实是，我站在那里，只携带了自然赋予我的武器和力量：手、脚和牙齿，此外就是身上仅有的四根安全火柴。

“我不敢摸黑在这些机器中穿行。借着最后一道光亮，我发现火柴已经不多了。在此之前，我从未想到要节省。我已经浪费了半盒来惊吓地面上的人，对他们来说，火柴是新鲜玩意。如我所说，现在只有四根火柴了。我站在黑暗中的时候，有一只手碰到了我，细长柔软的手指摸着我的脸。我闻到了一股特别难闻的气味。我觉得自己听到了周边那一群可怕生物的呼吸声。我感到手里的火柴盒正在被轻轻地拽走，还有人从背后拽我的衣服，那些从未见过的生物在打量我。一想到这我便感到一种莫可名状的不安。黑暗中，我突然清醒地意识到我对他们的所思所为一无所知！我大声朝他们喊叫，他们后退了，之后我感到他们又开始靠近我。他们更加大胆地抓住我，彼此发出奇怪的声音。我哆嗦得厉害，又大声喊，相当刺耳。他们这一次不再那么吃惊了，朝我靠过来的时候发出怪怪的笑声。我承认自己怕得要死。我决定再划一根火柴，借着火柴的光亮逃跑。我划亮了火柴后，又点燃了口袋里的一个纸片，竭力保住火光，然后成功地撤回到那条狭窄的隧道。我刚到那里，火柴灭了。黑暗中，我听到莫洛克人跟在我身后，像风中的树叶一样瑟瑟作响，像雨一样噼啪作响。

“不一会儿，我被几只手抓住，毫无疑问，他们想拖我回去。我又划了一根火柴，在他们面前晃动。你无法想象，他们看上去一点不像人：脸色苍白，没有下巴，粉灰色的眼睛大大的，没有眼睑！他们盲目地、困惑地死死盯着我。但是我发誓，我没有停下来看，我继续向后退。当用完第二根火柴后，我划了第三根。当我来到竖井口时，火柴差不多燃尽了。我在边缘躺了下来，因为井底下气泵发出的巨大震动让我头昏脑涨。之后我在两边摸索突出的钩子。这时，我的脚被人从身后抓住，并猛烈往后拖。我划亮了最后一根火柴……却瞬间熄灭了。不过我的手已经抓住了那些攀爬横杆。我狠命一踢，挣脱了莫洛克人，快速向井上攀爬，而他们只好待在下面看着我，朝我眨眼。只有一个混蛋跟了我一段路，差一点抓住我的靴子当作战利品。

“对我来说，那几乎是无止境的攀爬。到了最后二三十英尺的样子，我感到一阵极其难受的恶心，我费了好大的劲儿才抓牢不掉下去。最后几码距离也是在昏昏沉沉中做的苦苦挣扎。有好几次，我头昏目眩，感到自己要跌下去。最后我终于来到井口，踉踉跄跄地穿过废墟，来到耀眼的阳光下，脸朝下跌倒在地。此时，即便是泥土也那么甜美，干净。那时我想起韦娜亲吻我的手和耳朵，以及艾洛伊人的声音。之后有一段时间我失去了知觉。”

第十章
夜幕降临

“现在，我的情况好像比以前更糟糕了。到目前为止，除了晚上因失去时间机器而悲痛欲绝外，我还是感到有希望可以最终逃脱的。不过希望因新的发现而变得渺茫了。我一直以为自己仅仅受到那些幼稚单纯的小人儿以及某种未知力量的阻拦，只要搞明白这种力量是什么就能加以克服。但是现在，我发现有另一种因素也在阻挠着我，即莫洛克人身上那种令人恶心的成分——某种野蛮、恶毒的东西。我本能地讨厌他们。之前我感觉自己就像一个掉入深坑的人，我担心的是这个坑以及怎样才能爬出去。现在我感觉自己像落入陷阱的野兽，敌人很快就会袭来。

“我畏惧的敌人也许会让你吃惊，那是新月造成的黑暗。

关于黑夜，韦娜曾用一些让人无法理解的话灌输到我的大脑。这时弄清这些黑夜的意义已经并不困难。月亮在变小，每个夜晚黑暗的时间越来越长。现在我开始明白地上的人为什么害怕黑暗了。我模模糊糊地思忖，那些莫洛克人乘着新月到底干了些什么见不得人的勾当！现在我敢肯定，我的第二个假设是错的。地上的人也许曾经是得宠的贵族，而莫洛克人是为他们服务的用人。不过那已经是许久以前的事了。这两个人类进化而来的人种正渐渐滑向或者说已经结成一种全新的关系。艾洛伊人像加洛林王朝的国王，已经颓败得只剩下徒劳无用的美丽外表。他们只是表面上拥有地球：那是因为莫洛克人在地下待了无以数计的年代后，终于觉得阳光照射的地面难以忍受。而且我猜想，莫洛克人为艾洛伊人缝制衣服，并满足他们的日常需求，这或许是遗留下来的某种服务习惯。他们这么做，就如同一匹站立的马用脚刨地一样，或者像一个猎人以猎杀动物为乐，因为以往古老的需求已在他们的肌体上打上了深深的烙印。但是很显然，旧的秩序已经被部分颠倒过来了。复仇女神正迅速向养尊处优的艾洛伊人袭来。许多年前，成千上万代之前，人类将其兄弟逐出了安逸和阳光灿烂的生活。现在，那些兄弟回来了，且变了样。艾洛伊人又要领教古老的教训，又要开始担惊受怕。我在地下世界看到的对肉的记忆突然回到我的脑海。很奇怪，这种记忆是怎样飘入我的脑海的，好像并不是因为胡思乱想引起的，而像来自外部的一个问题。我试图回想出那块肉的形状。我似乎有一种熟悉的感觉，但又说不清那是什么。

“但是，不管这些小人儿在莫名的恐惧面前多么孤立无助，我都不为所动。我来自我们这个时代，这个人类成熟的全盛时期。恐惧不再令人无能为力，神秘也不再令人恐惧。我至少可以保护自己。我决心不再耽误，要为自己制造武器，建造堡垒，以便可以睡觉。此前，想到自己夜里要暴露在那些无以名状的生物面前，我曾一度气馁。但有了避难所作为基地，我又可以自信地面对这个奇怪的世界了。除非不受他们的骚扰，否则我感到永远无法安睡。他们一定打量过我，想到这一点我惊恐得直发抖。

“下午，我沿着泰晤士河谷游走，没有发现在我看来不可接近的东西。所有的楼房、树木像井一样，对于手脚如此敏捷的莫洛克人来说，攀爬起来一定不在话下。那时，青瓷宫殿高高的尖顶以及宫殿墙体铮亮的光泽回到我的记忆中。到了晚上，我将韦娜像孩子一样扛在肩上，朝西南方向的山上走。我原以为这段距离只有七八英里的样子，但实际上肯定接近十八英里。在一个湿漉漉的下午，我第一次到过这个地方，那时的距离让人觉得没有那么长。此外，我的那双在室内穿的舒适旧鞋其中一只后跟松了，一颗钉子穿过鞋底，因而我走起路来一瘸一拐的。当宫殿进入我的视线时，太阳早已落山了，浅黄色的天空映出宫殿黑色的剪影。

“韦娜很开心，让我扛着她，但过了一会儿，她要我把她放下来，在我身边奔跑，时不时在我两旁冲出去摘花，然后插在我的口袋里。我的口袋总是让韦娜感到困惑，但最后她得出结论，那是一种古怪的花瓶，是用来插花的。至少她是拿来派那个用处的。这倒提醒了我。换了外套后，我发现……”

时间旅行者停了下来，把手伸进口袋，默默地将两朵凋零的花放在小桌子上，像那种很大朵的白色锦葵。然后又开始了他的叙述。

“夜静静地来到这个世界。我们越过山顶，朝温布尔登方向走去。韦娜累了，想回到那个灰色石房子里去。但是我指给她看青瓷宫殿的屋顶，让她明白我们要从那里得到庇护，让她不要再害怕。你们知道黄昏时分那种万籁俱寂的景象吗？即便是微风也在树丛间消停了。对我来说，这种黄昏的寂静总让人有所期待。天空晴朗、高远、空旷，夕阳落处残留几道晚霞。只不过那一晚，我的期待染上了一层恐惧的色彩。在这样黑暗的寂静里我的感官反而变得异常敏锐了。我甚至觉得脚底下的地面是中空的，几乎可以透过地面看到莫洛克人在他们的巢穴上来回走动，等待黑暗的来临。在激越亢奋之余，我觉得他们会将我对他们巢穴的入侵当作是向他们宣战。但是，他们为什么要拿走我的时间机器呢？

“我们就这样在寂静之中走着，黄昏渐渐变成了黑夜。天边清澈的蓝色也褪去了，星星一个接着一个冒了出来。地面变得灰暗，树也变黑了。恐惧和疲乏一起袭向韦娜。我将她抱在怀里，和她说话，安抚她。不久，夜色越来越浓，她用双手抱住我的脖子，脸紧紧贴在我的肩上。我们就这样走过一个长坡，来到谷底。黑暗中，我差点儿跌入一条小河里。我蹚过这条河，来到了山谷的对面，经过了一排排沉睡的房子、一尊形似农牧神的无头雕像，以及一些合欢树。至此，我还没有见到莫洛克人。不过夜还不深，月亮升起来之前的黑暗时刻仍在前面。

“从下一个山顶我看到一片茂密的树林，宽宽的、黑黑的，就在我的前方。对此，我有点犹豫，树林的两边都看不到尽头。我的身体有些疲惫，特别是脚，非常酸痛。我停下脚步，小心翼翼地将韦娜从肩头放下来，让她坐在草地上。青瓷宫殿看不见了，我怀疑自己是否弄错了方向。我看着密匝匝的树林，不知道里面藏着什么。在浓密的树枝下面，我们连星星也无法看到。即便没藏着什么危险——有些危险我也不愿去想象——还会有树根将你绊倒，有树干将你撞倒。激动兴奋了一天之后，我也很累了，因此决定不再赶路，就在开阔的山上过夜。

“我欣喜地发现，韦娜很快入睡了。我用自己的外套将她盖好，坐在她旁边，等待月亮升起来。山边静悄悄的，荒无人烟，但是时不时地从黑黑的树林里传来声响。夜空晴朗，星星在我的头顶上空闪烁。星星的闪烁给了我一种善意的宽慰。所有古老的星座都已从天空中消失了，那种缓慢的、难以察觉的星移斗转经历了人类百来年的生命周期，已经重新组合，新的星图让人感到陌生。但在我看来，银河系仍如往昔那般，是一条破烂的星尘丝带。朝南方向（我判断是这样）有一颗很明亮的星星，我之前从未见过，比天狼星还要夺目。在这些绚烂的亮点中，有一颗明亮的行星温和地、持续不断地散发着光芒，就像一张老朋友的脸。

“仰望这片星空，我顿时感到自己的麻烦和尘世间的纷纷扰扰是多么的微不足道。我想到了它们遥不可测的距离，以及从未知的过去向未知的未来缓慢而必然的漂移。我想到了因地球极点而形成的岁差周期。虽然在我穿越的年代里，那样静悄悄的轮回只发生四十次，但在这有限的转动中，所有的活动、传统，复杂的机构、民族、语言、文学、抱负，就连记忆中的人类，都被统统抹去了。现在仅有的就是这些忘了自己祖先的孱弱之物，以及令我极为恐惧的白色怪物。后来我又想起这两个人种彼此间的惧怕，那一刻，我突然在颤抖中清楚地意识到我所看到的肉是什么了，太可怕了！我看着睡在旁边的韦娜，她的脸白白的，泛着星光。之后我便打消了刚才那个想法。

“在那个漫漫长夜，我尽量不去想那些莫洛克人。我试图在头顶这片杂乱的新星图中找到往日星座的痕迹，以此来打发时间。夜空很澄明，只有一两朵朦胧的云飘过。毫无疑问，我也间或打了几次瞌睡。后来，在我守夜时，东边的天空泛起微光，仿佛无色火焰的反光。下弦月升起来了，薄薄的、尖尖的、白白的。黎明紧随其后来了，淹没了月亮，满溢而出，一开始还是苍白的，不一会儿就变得粉红而温暖了。没有莫洛克人追来，那晚在山上我确实没见到他们。新的一天给了我信心，我甚至觉得自己的恐惧似乎毫无道理。我站起身，发现鞋跟松动的那只脚的脚踝是肿的，后跟很痛。我又坐了下来，脱掉鞋子，将它们扔了。

“我叫醒了韦娜，我们一同向密林中走去。树林现在青翠宜人，而不是黑漆漆的恐怖。我们找到了一些果子，以此作为早餐。我们又遇到了几个娇美的小矮人，他们在阳光下欢笑着，跳跃着，好像自然界根本没有什么夜晚一说。这时我又想起了之前见到的那块肉，现在我敢肯定那是什么了。我从心底怜惜这从人类大洪水里流出的最后一条小溪。很显然，在很久以前人类衰落的过程中，莫洛克人的食粮已经不多了。或许他们靠食用老鼠和其他类似害虫而生存。即便现在，人类在食物上的选择与祖先相比，也变得更饥不择食，更不挑剔，远远不如猴类挑食。人类对人肉的偏见并非来自根深蒂固的本能，这些人类的忤逆子也是如此！我试图用科学的精神来看待这件事情。毕竟他们要比我们三四千年前吃同类的祖先更缺乏人性，更冷漠无情。本来'吃人'对人类而言是一种折磨，但这样的才智已一去不复返了。我为什么要自寻烦恼呢？这些艾洛伊人仅仅是养肥了的牛而已，那是蚂蚁一样的莫洛克人保存下来准备食用的食物——也许还会精心饲养。然而此刻，韦娜还在我身边翩翩起舞！

"于是，我试图让自己远离向我袭来的恐惧，将此事看作对人类自私自利的严厉惩罚。人类以'需要'为借口，安于轻松的生活，享受同类的劳动成果。适当的时候，他们才能理解'需要'的真正含义。我甚至想效仿卡莱尔，嘲笑这一腐朽堕落的特权阶层。但是我不能这么做。无论他们的智力退化得多么严重，艾洛伊人与人类的外形太相像，因而无法不引起我的同情，从而与他们共同分担这种悲哀的处境和心中的恐惧。

"那时，到底要怎么做，我也只有非常模糊的想法。首先，要找到一个安全的庇护地，再造出我能想到的金属或石头武器。这是迫在眉睫的事。其次，最好找到火种，这样就有了火把当作武器，因为我知道没有比火把更有效的对付莫洛克人的武器了。之后，我得想出个计策来打开白色斯芬克司雕像底下的青铜门。我想到了攻城槌。我有这样一个信念：只要能进入那扇门，面前举着火把，就能够发现时间机器并逃脱。我想那些莫洛克人还不至于有足够的力气将机器挪动得太远。而且，我决心将韦娜带回到我们的时代。我一边想着这些计划，一边朝着那个建筑走过去，那就是我想象中的居住地。”

第十一章
青瓷宫殿

“大约中午时分，我们到达了青瓷宫殿。这里空无一人，早已废弃，成了一片废墟。窗户上只残留着玻璃碎片，大片的绿色墙砖已从锈蚀的金属框架上脱落了。宫殿耸立在一个绿草如茵的高地上，我进去之前，先朝东北方向看了看，惊奇地看到一个大的河口，或者说一条小溪。我判断这曾是旺兹沃思和巴特西所在地。我当时想——虽然没有继续想下去——不知道海里的生物到底怎样了，或者经历了什么变化。

“经查看，我确定宫殿的建筑材料是陶瓷，在其正面还有一段不知用什么文字刻成的铭文。我傻傻地认为韦娜可以帮我解释，结果却发现她从来就没有文字的概念。也许是因为韦娜太有人情味了，我总觉得她看上去要比真实的她更富人性。

“宫殿的门开着，破败不堪。在里面没有看到大厅，而是一个长廊，是通过很多边窗来照明的。乍一看像个博物馆。地砖上积着厚厚的灰尘，一些杂七杂八的物品同样覆盖着灰尘。之后，我看到长廊中央有一副枯瘦、样子怪异的下半身骨架。从其歪斜的脚来判断，这是大地懒一类的生物，已经灭绝。头骨以及上半身骨架堆在旁边厚厚的灰尘里。因屋顶漏雨，有一处骨头已经被雨水销蚀了。在长廊更远处是一个巨大的雷龙骨架。我原先判断这是个博物馆，现在得到了证实。我朝长廊一侧走过去，发现一些倾斜的架子，掸去上面厚厚的灰尘后，我见到了我们这个时代常见的玻璃容器。从里面保存得较好的东西来判断，这些容器是密封的。

“显然，我们站在现代南肯辛顿的废墟里。这里显然是古生物区，原先一定陈列着许多精美的化石。虽然腐败过程有所延缓，而且因为细菌和真菌的灭绝而丧失了其百分之九十九的威力，但这个过程仍然在缓慢进行，以其坚定的步伐对这些宝藏发威。到处都能见到那些小人儿留下的痕迹，他们或者把稀有化石摔成碎片，或者用绳子把它们串在芦苇秆上。据我判断，有些容器已被莫洛克人移动过了。那地方很安静，厚厚的灰尘让我们的脚步也变得悄无声息。韦娜在顺着容器的玻璃斜面滚一只海胆，见我四处张望，便来到我身边，悄悄地抓住我的手，站在我身边。

“看到智力时代这么古老的历史遗迹，我感到非常惊讶，甚至都没有去想这会给我们提供什么样的可能性，就连一直在思考的时间机器也在我脑海中退居二线了。

“从这地方的大小来判断，青瓷宫殿远不止是一个古生物陈列馆，可能还有历史馆，甚至还有图书馆。对我而言，至少就目前的情况来说，这些要比这个腐朽、陈旧的地质学景象更加有趣。向前探索的过程中，我又发现了一个短一些的走廊，与第一个长廊相交叉。这里似乎是用来展示矿物质的。看到一块硫黄后，我马上想到了火药。但是我没有看见硝石，根本看不到硝酸盐的踪迹。毫无疑问，它们在很多年前就潮解了。但是那块硫黄一直让我牵肠挂肚，诱发我一连串的猜想。至于这个陈列馆的其他物品，虽然是我见过的保留得最好的，但我也没什么兴趣，因为我不是什么矿物学专家。我继续顺着一个破败的走廊走，这个走廊和我开始进入的那个长廊是平行的。显然这部分是用来展示自然历史的，但是一切都变得无法辨认了。只留下干瘪瘪、黑乎乎的动物标本残骸，曾经浸泡在溶液中的干尸，还有植物腐烂后留下的一堆黄色灰尘。我觉得很遗憾，因为我本应该很高兴地去追溯这些东西，研究人类的适应能力，正是依靠这种适应能力，人类才能够征服有生命的自然。接着我们又来到一个巨大的陈列馆，里面光线很差，地面从我进来的这端开始往下倾斜。天花板上每隔一段距离就挂着一个白色圆球，许多都破碎了，这表明以前这个地方是靠人工照明的。到了这儿，我就更加内行了，因为在我两边都立着巨大的机器，所有机器都严重锈蚀了，许多机器都坏了，但还有一些是完整的。你们知道我对机器有一种酷爱，我在机器中间逗留，越是这样，它们越令我着迷。我只能大致猜出这些机器的用途。我甚至想，如果能揭开谜底，那么应该有能力对付莫洛克人了。

"突然，韦娜来到我身边，紧挨着我。她来得这么突然，把我吓了一跳。不过，如果不是因为她的举动，我想我根本不会注意到地面是倾斜的。我进入的那一头比地面高出不少，这里是靠仅有的几个像缝隙一样的窗户照明的。继续往前走，会发现窗外的地面不断升高，直到每扇窗户前都出现一块洼地，就像伦敦每家每户前的采光井，只有顶部能射入一道狭窄的日光。我慢慢走着，苦思冥想着这些机器，由于想得太投入，因而没有注意到光线渐渐变暗。韦娜变得越来越担心，这才引起了我的注意。随后，我发现陈列馆一直通向一团漆黑之处。我犹豫了一下，然后看了看四周，发现灰尘没有那么厚，表面也不那么平整了。在更远的昏暗处，灰尘上面好像有一些细小的足印。看到这个我又立马想到了莫洛克人，这才感到对机器进行学术考察真是浪费时间。我想起这一点时已近黄昏，而且我依然没有武器，没有庇护场所，没有生火的东西。从陈列馆远处黑暗的地方传来一阵奇怪的噼啪声，和我在井里听到的声音一样奇怪。

“我拉起韦娜的手，脑海中突然闪现一个念头，于是放开她，转身走向一台机器。机器里面伸出一根杠杆，与那种警报器杆子没什么两样。我爬上机座，抓住那个杆子，用尽全力压向一边。这时，被留在过道中央的韦娜突然呜咽起来。我对这杠杆力量的判断是正确的，因为它在重压下不到一分钟就‘啪’的一声断了。我拿着这根铁棍重新回到韦娜那儿，我想这足以敲破我能遇到的莫洛克人的脑壳了。我非常渴望能够打死几个莫洛克人。杀死自己的后裔，你可能会觉得很不人道，但是在莫洛克人身上，很难感受到人性。只是我不愿意离开韦娜，而且假如我满足了杀戮的愿望，那么时间机器可能会遭殃。这样的想法阻止了我径直朝陈列馆走去，去杀死那些没人性的家伙。

“就这样，我一手拿着铁棍，一手拉着韦娜，走出那个陈列馆，来到一个更大的馆。乍一看，这个馆像个军事教堂，里面挂着一面面破旗，四周悬挂着棕黑色的布片，我认出那是腐烂的书籍的残片。它们早已散了架，上面所有印刷的文字都已消失。但到处都是弯弯曲曲的木板和开裂的金属夹子，这些足以说明一切。假如我是搞文学的，也许会对所有无谓的雄心壮志来一番宏论。但事实上，让我感受最深切的是大量的劳动都白费了，这是书页腐败呈现出来的苍凉、沮丧的景象所证实了的。我得承认，那时我想到的主要是《哲学学报》以及我那十七篇物理光学论文。

“我们顺着一个较宽的楼梯往上走，来到曾经展示化学品的馆。在这里我满心希望会有什么发现。馆一端的屋顶塌了，除此之外保存得很好。我急切地走到每一个没有破损的柜子前，终于在一个密封柜里发现了一盒火柴。我迫切地拿出火柴来划，火柴都非常好，没有受潮。我转向韦娜，‘跳舞吧！’我用她的语言对她说。现在我有了对付那些可怕家伙的武器了。就这样，在这个被遗弃的博物馆里、在厚厚的灰尘上，让韦娜感到高兴的是，我很认真地跳了一支复合舞，嘴里还兴高采烈地吹着‘天国之曲’。一部分是康康舞，一部分是踢踏舞，一部分是裙舞（只要我的燕尾服允许），还有一部分是自编的。你们知道，我天生就有创造才能。

“现在我仍然认为，一盒火柴能经受那么多岁月，真是奇迹，对我来说，当然也是件好事。但是奇怪的是，我发现了一种特别不可思议的物质：樟脑。我是在一个密封着的罐子里找到的，我觉得它是很偶然被密封起来的。起先我猜想可能是石蜡，就打碎了罐子，但飘出了樟脑的气味。在万物的衰败中，这个易挥发的物质碰巧留存了下来，或许经历了成千上万年。这令我想起了曾经看到的用乌贼墨颜料画的油画，那是用乌贼化石的墨画成的。这种乌贼已经灭绝，在几万年前就成了化石。我刚想扔掉樟脑，但想起这是易燃品，燃烧时可以发出亮光，事实上是很好的蜡烛，于是把它放入了口袋。但是我没有找到炸药，没有可以打开那些铜门的工具。不过铁棍是我偶然得到的最有用的工具。不管怎样，我还是兴高采烈地离开了那个馆。

“我无法将那个下午所有的故事都讲给你们听。如果按照适当的次序去回忆我所做的种种探索，需要相当的记忆力。我记得在某个陈列馆里陈列着生了锈的武器。我在铁棍和短柄斧（或者说一把剑）之间犹豫不决。我不能两样都拿，但应该说铁棍对付铜门最有用。那里还有很多枪，有手枪和来复枪，大部分都生了锈，但许多是新型金属制成的，还比较完好。但是子弹或火药都已化为尘土。我看到陈列馆的一角被烧毁了，也许这些样品发生过爆炸。在另一个地方有一大排人偶：波利尼西亚人、墨西哥人、希腊人、腓尼基人，我想大概包括地球上每一个国家的人。在这里，我无法抵挡自己的冲动，在一个南美滑石怪物的鼻子上写下了我的名字，这东西特别让我中意。

“夜晚来临的时候，我的兴趣渐渐消退了。我从一个陈列馆穿到另一个陈列馆，里面都是灰蒙蒙的、静悄悄的、破败不堪的。那些展品已成了一堆堆铁锈和煤渣，有些还能好些。我突然发现自己在一个锡矿模型旁，非常偶然地在一个密封的箱子里发现两个炸药筒。我大声喊：‘找到了。’然后开心地打碎箱子。紧接着疑问来了，我犹豫起来，又挑选了一个旁边的小陈列馆进行爆炸试验。五分钟、十分钟、十五分钟过去了，爆炸仍没有发生，我从没这么失望过。当然，这些东西是模型，这从它们的外表可以猜到。我确信，如果炸药是真的，我一定会不顾一切地冲出去，将斯芬克司、铜门，连同寻找时间机器的机会统统炸个精光。

“这之后，我觉得我们来到宫殿里面一个露天的小院子。院子里面有草地，还有三棵果树。我们便在院子里休息养神。太阳快落山时，我开始思考我们的处境。夜色正向我们靠近，我那个可以抵御入侵的藏身之地还没有着落。不过，那已经不是大问题了，因为我现在拥有了对付莫洛克人最好的装备——火柴！如果要放大火势，我口袋里还有樟脑呢。在我看来我们最应该做的事情就是在野外过夜，由火保护着，到早上再去找时间机器。到那时，我就只能靠这根铁棍了。我对未来世界了解得越多，对那些铜门的感觉就越不同。到目前为止，我一直不敢轻举妄动，主要是因为里面神秘兮兮的。这些铜门给我的感觉并不牢固，希望我的铁棍能胜任此项工作。”

第十二章
在黑暗中

“我们从宫殿里出来时，太阳仍未完全落山。我决定第二天早晨早点靠近那个白色斯芬克司雕像，并打算在今晚黄昏前穿过树林——上一次，这片树林曾挡住我的去路。我的计划是今天夜里能走多远是多远，然后生一堆火，就着火光睡觉。因此，我们一边走，一边收集树枝和干草，不一会儿怀里就满是这些东西。因为拿了树枝和干草，我们前进的速度要比预想的慢，而且韦娜也累了，我也感到昏昏欲睡。我们到达树林时已是深夜了。在树林边缘长着灌木的山岗上，韦娜因为害怕我们面前一片漆黑，再也不敢往前走了。但是我意识到了潜在的危险。这种感觉对我来说本该是个警告，却迫使我继续往前走。我已经两天一夜没合眼了，而且感到像在发烧，情绪也很急躁。我感到睡意向我袭来，而莫洛克人也接踵而至。

“就在我们犹豫不决时，我看见三个模糊的黑影蹲伏在我们身后黑漆漆的灌木丛里。我们周边是一些灌木和草丛，他们这样鬼鬼祟祟地靠过来，让我感到随时都有被攻击的危险。我推算这片树林大约一英里宽，如果我们能穿过树林来到光秃秃的山腰，就能找到一个安全的歇息之地。而且我有火柴和樟脑，可以在穿过树林时照亮道路。但是很显然，若要挥动火柴，就得放下手里的柴火。因此，尽管极不情愿，我还是放下了柴火。这时我突然想到，点了柴火也许可以吓跑我们身后那些家伙。我当时以为这是个明智的举动，可以掩护我们撤退，后来才发现这么做多么愚蠢。

“我不知道你们有没有想过，在人迹罕至、气候温和的地方，火是多么稀有的东西。太阳的热量即便靠露珠来聚焦也不会强到能燃烧（在热带地区，这种情况偶有发生）。闪电有摧枯拉朽的力量，但极少引发燎原之火。腐败的植被因发酵产生的热量会闷烧，但也极少引发大火。在这个衰退的时代，地球上连生火艺术都被忘却了。那红红的火舌吞噬着柴火，这对韦娜来说，完全是既新鲜又奇怪的事。

“韦娜想要跑过去玩火，我觉得要不是被我拦住了，她会一头扎进火堆里。但是我抓住了她，不管她怎样挣扎，我们不顾一切地钻进前面的树林。我点的火还照亮了前方一小段路。我朝身后看了看，透过稠密的树干，我发现那堆火已经蔓延到周边的灌木，正蜿蜒着烧向山上的野草。我不禁笑了起来，又一次转向黑黑的树林。树林很黑，韦娜紧紧贴着我，身体在颤抖，好在当我的眼睛适应了这种黑暗之后，还是有微弱的亮光可以让我避免撞到树上。头顶上空黑漆漆的，只有点点星光从遥远的夜空中透过树枝的缝隙洒到我们身上。我没有划火柴，因为腾不出手来。我左手抱着我的小家伙，右手拎着一根铁棍。

“一路上静悄悄的，我只听到树枝在脚底下噼啪断裂的声音，还有上空微风的沙沙作响，以及我自己呼吸的声音和耳朵里血脉的悸动。这时我好像注意到周围有啪啪的脚步声。我继续坚定地往前走。那脚步声越来越清晰，然后我又听到了在地下世界听到的那种怪异的声音。很显然有好几个莫洛克人在那里，他们正朝我围过来。果不其然，我很快感到我的衣服被用力拉扯，然后是我的胳膊。韦娜颤抖得厉害，然后就一动不动了。

“是时候划火柴了。但是要划火柴，我就必须将韦娜放下。就在我放下她、在黑暗中从口袋里掏火柴时，在我膝盖旁边展开了一场激斗。其间，韦娜一声不响，但莫洛克人发出那种奇怪的喔喔声。柔软的小手摸上我的外套、后背，甚至触摸我的脖子。火柴终于划着了，发出嘶嘶的声响。我举着闪着亮光的火柴，看到莫洛克人的白色后背在树林间逃窜。我匆匆从口袋里掏出一块樟脑，准备在火柴光变暗时点着樟脑块。我看了看韦娜，她脸朝下趴在地上，紧紧地抓住我的脚，一动不动。我突然惊恐地蹲下身，发现她好像没有了呼吸。我点着了樟脑块，扔到地上。樟脑块裂了，火越烧越旺，照亮了四周的黑影，驱走了莫洛克人。我跪下身，将韦娜抱了起来。后面的树林里好像有大队人马在移动、在低语！

“韦娜似乎晕过去了。我小心地扛起她，站起身继续前进。我惊恐地意识到，在既要划火柴又要照管韦娜的过程中，我已经转了好几次身，现在完全不知道走的是哪条路了。我所知道的是，我搞不好会回到青瓷宫殿。我急出了一身冷汗，必须马上思考该怎么办。我决定生一堆篝火，就地安营扎寨。我将仍然一动不动的韦娜放在一个杂草丛生的树干下，趁着第一块樟脑还没有熄灭，急急忙忙去收集树枝、树叶。在我周边的黑暗中到处都是莫洛克人，他们的眼睛闪着红宝石一样的光。

“樟脑闪了几下，熄灭了。我划了一根火柴，与此同时，两个正靠近韦娜的白影落荒而逃。其中一个被亮光晃得眼花缭乱，直奔我而来。我感到他的骨头在我的重击之下碎了。他惊愕地叫了一声，踉跄了几步，倒了下去。我点着了另一块樟脑，继续收集柴火。这时我发现头顶上面有些树叶很干燥，因为自从我乘坐时间机器到达这里以来，一个星期一滴雨也未曾下过。因此，我并不需要在树林中四处寻找脱落的树枝，我开始跃起身体将树枝拽下来。没一会儿我就将生材和枯枝混在一起，生了一堆火。浓烟滚滚呛得我喘不过气，但好歹能把樟脑省下了。然后我来到韦娜躺着的地方，就在我的铁棍旁边。我想办法让她醒过来，但她躺在那里，一动不动。我甚至不知道她是否还在呼吸。

“风裹挟着火堆上的烟朝我吹来，将我熏得昏沉沉的。此外，空气中还有一股樟脑气味。这堆火在一个小时内无须添加柴火。经过这番折腾我也累了，坐了下来。树林里到处都是令人昏昏欲睡的低语，我也不明白那是什么。我似乎刚睡着就又睁开了眼睛，但此时周围一片漆黑，莫洛克人正用手抓着我！我用力甩掉他们的手指，急忙在口袋里掏火柴盒。但——火柴盒不见了！他们又一次抓住我，将我围住。不一会儿我就知道这是怎么回事了。刚才我睡着了，火也熄灭了。死亡的苦痛向我袭来。整个树林都是木头燃烧的味道。我被人抓住了脖子、头发、手臂，按倒在地。在黑暗中让这些软乎乎的生物压在我身上，真的让人感到莫名的恐惧。我感觉自己像掉在一个巨大的蜘蛛网里。我被制服了，倒了下去。我感到有许多细小的牙齿在咬我的脖子。我打了个滚儿，这时我的手碰到了那根铁棍，它给了我力量。我挣扎着站起身，挣脱了那些人类的害虫，握住那根铁棍，朝我认为是他们的脸的位置打过去。我能感到，在我的打击下，血肉四溅、骨头横飞。我暂时摆脱了束缚。

“激烈搏斗产生的那种异常的狂喜在我胸中涌动，我知道我和韦娜已陷入穷途末路，但我要让那些莫洛克人为此付出代价。我背靠一棵树站着，挥舞着铁棍。整个树林都是他们骚动和喊叫的声音。一分钟过去了，他们的声音抬高到极其亢奋的程度，移动也更快了，但是谁也没有靠近我。我站在那里，盯着这黑漆漆的一片。突然间，我看到了一丝希望。难道莫洛克人害怕了？紧接着又发生了一件奇怪的事情：黑暗的树林似乎变得亮堂起来。我隐约看到了周围的莫洛克人——在我脚边有三个被打倒了，随即我惊奇地发现其他莫洛克人都在拼命逃跑，川流不息，从我身后跑到前面的树林中去了。他们的后背也不再是白色的了，而是红通通的。我目瞪口呆地站在那里，看到一个小火星飘过树枝间星光照到的地带，然后消失了。这时我才恍然意识到为何会有木头燃烧的气味，为何那令人昏昏欲睡的喃喃细语会变成狂风般的咆哮，还有那红光从何而来，以及莫洛克人为何逃窜。

“我从树后面走出来，朝后面看了看，透过近处黑黑的树干，看到树林里燃烧的大火。那是我点的第一堆火，如今正朝我烧过来。我借着火光去寻找韦娜，但她不见了。我身后是嘶嘶的、噼噼啪啪的声响，每一棵树烧着后发出的爆裂声，这一切都让我无暇思考。我手里仍握着铁棍，顺着莫洛克人奔跑的方向跟去。那可是一场不相上下的赛跑。我跑了起来，但火很快就烧到了我的右侧，我被火从侧翼包围了，因此不得不朝左面突围。最终我来到一片空地。与此同时，一个莫洛克人跌跌撞撞地向我走来，与我擦肩而过，径直朝火海走去！

“这个时候，我想我看到了我在未来时代所见到的最怪异、最恐怖的事情。在火光的照耀下，那地方亮得如同白昼。空地中央是一座小山，或者说是一个坟墓，顶上覆盖着烧焦的山楂树。这之外还有一片树林也在燃烧，黄色的火舌在翻滚，火焰将空地完全包围了。山边有三四十个莫洛克人，被火光和热浪折磨得头昏目眩，胡乱地四处冲撞。一开始我没有意识到他们看不见，他们靠近我时，我出于害怕用铁棍狠命地打他们，打死了一个，打瘸了好几个。但是当我借着火红的天空看到其中一个莫洛克人在山楂树下摸索的姿势，听到他们的痛苦呻吟时，我才明白他们在火光中是如此孤立无援，备受折磨。我不再攻击他们了。

“但是时不时地还会有莫洛克人径直地向我走过来，让我浑身发抖，唯恐避之不及。有一段时间火快熄灭了，我担心这些污秽不堪的东西会很快看见我。我甚至想在此之前先杀死几个，但是火势又渐渐大了起来，我也就住手了。我绕着山走，避开他们，寻找韦娜的踪迹，但还是一无所获。

“最后我在山顶坐了下来，看着这些奇怪的、让人难以置信的瞎东西来回摸索，他们在火光中苦苦挣扎，彼此间发出怪异的声音。浓烟滚滚地升向天空。一些星星透过那红色树冠上稀稀朗朗的叶片闪烁着，它们看上去如此遥远，似乎不属于这个宇宙。两三个莫洛克人冒冒失失地朝我走来，我用拳头驱散了他们，自己也直打哆嗦。

“那一晚的大部分时间，我都觉得这只是场噩梦。我咬自己，尖声喊叫，想要醒过来。我用手敲打地面，站起身，又坐下，四处乱转，回来又坐下。之后我开始揉眼睛，祈求上帝，让我醒过来。有三次我看到莫洛克人低下头，痛苦地冲向火焰。但是最后，随着红色火焰的平息，空中弥漫着滚滚浓烟，到处是烧焦的树桩，这些面目不清的东西数量也渐渐减少，白天的亮光终于来临了。

“我又一次搜索韦娜的踪迹，但是什么也没发现。显然他们将她可怜的小身体留在了树林里。想到她的身体躲避了看似注定的悲惨命运，不必沦为莫洛克人的腹中之物，我无法形容自己有多么宽慰。但是，一想到这儿，我又恨不得大开杀戒，杀死周围这些孤立无助的可恶东西，但我还是克制住了。就像我说过的那样，这个小山丘就像树林里的一个岛屿，从山顶透过烟雾可以看到那个青瓷宫殿，以此我就可以确定白色斯芬克司雕像的方位了。就这样，我抛下这些可恶的灵魂，随他们去左冲右突、痛苦呻吟，待天色放亮，我在脚上捆了些草，一瘸一拐地穿过冒着烟的灰烬和仍在燃烧着的黑黑的树桩，走向时间机器的藏匿之地。我走得很慢，因为我已筋疲力尽，而且还瘸着。小韦娜的惨死让我痛不欲生，宛如历经了一场浩劫。然而现在，在这个房间里，那就像一场悲伤的梦，我似乎并没有真正失去什么。但是那个早晨我感到非常孤独，孤立无援。我开始想念这个房子、这个壁炉，还有你们。伴随着这样的想法，我产生了一种渴望，渴望之后便是痛苦。

“早晨的天空明媚灿烂。当我走过这片烟雾缭绕的灰烬时，竟然发现我的裤子口袋里还有几根火柴。想来在火柴盒弄丢前一定漏了。”

第十三章
白色斯芬克司陷阱

“早晨八九点钟的样子，我来到了那个黄色的金属座椅旁。在到达的那天傍晚，我曾经坐在上面瞭望过整个世界。我想到了那天晚上曾经仓促得出的结论，忍不住嘲笑自己的盲目自信。仍然是同样美丽的场景、同样繁茂的树叶、同样漂亮的宫殿和宏伟的废墟、同样流淌在肥沃的两岸间的那条波光粼粼的河流。身着艳丽长袍的人们在树丛中四处走动，有些则在我救了韦娜的地方沐浴，这个场景令我心如刀绞。那些通往地下世界的井口上的小圆顶高高隆起，大煞风景。我现在终于明白这美丽的地上世界掩盖的是什么了。这些小人儿的日子非常滋润，就如同田里的牲畜，不知道什么叫敌人，也不做任何防备。他们的下场也是和牲畜一样的。

“我悲凉地想到，人类的智慧之梦多么短暂，这个梦想自取灭亡了。这个梦想只为营造舒适与安乐的生活，试图建立一个平衡的社会，其目标是安全和长久。它最终如愿以偿。生命和财富想必已绝对安全稳固，富人的财产安全和舒适安逸得到了保障，劳作者也不用担心其生活和工作。毫无疑问，在那样完美的世界里，不会有失业问题，社会问题也都得到了解决。接下来就是一派太平盛世。

“我们时常会忽略这样一条自然法则：聪明才智是为变化、危险和麻烦准备的。在一种动物与环境完全和谐相处的完美机制中，除非习惯和本能都毫无用处了，否则智慧是不会产生的。没有变化和变化的需求，就不会形成智慧。只有必须面对各种各样需求和危险的动物才会产生智慧。

“因此，正如我所见，地上的人已经变得孱弱、妩媚，而地下世界则纯粹从事机械行业。但是那种完美的状态在机械完善方面还缺乏一样东西：绝对的永恒。显然，随着时间的推移，暂且不论地下世界受到了怎样的影响，总之其供养体系出现了脱节，食物开始短缺。需求之母在被阻隔了几千年之后，现在又回来了，并且从地下世界开始。与机械打交道的地下世界，无论怎么完美，仍需要进行一些习惯以外的思考。与地上人相比，地下人一定保留了更多的能动性，尽管在人性方面他们远不及地上人。当他们得不到别的肉时，便转向迄今为止被旧习惯禁止的东西。这就是我对 802701 年的世界做出的最后论断。这也许是个错误的解释，但我就是这么理解的，也就如实地呈现给你们。

“在经历了过去几天的疲劳、兴奋和恐惧之后，我虽然有点忧伤，但这个座椅、这里宁静的景致以及温暖的阳光还是很宜人的。我又累又困，因此我的理论思辨很快就变成了昏昏欲睡。处于那样的状态，我索性顺应了这种暗示：让自己平躺在草地上，美美地睡一觉。

“在太阳快要落山前我醒了过来。我现在感到安全了，再也不用担心在打盹儿时被莫洛克人抓住了。我伸伸懒腰，顺着山往下走，来到那个白色斯芬克司雕像前。我一只手拿着铁棍，另一只在口袋里摆弄着火柴。

“这时发生了一件意想不到的事。在我走近斯芬克司雕像的底座时，发现铜质阀门开着，这些阀门滑到凹槽里面去了。

“看到这个，我立马在阀门前停了下来，犹豫着是否要进去。

“里面是一个小房间，时间机器就放在角落一个隆起的地方。小操纵杆在我的口袋里。我做了那么精心的准备来对付这个白色的斯芬克司雕像，到头来却不费吹灰之力。我扔了铁棍，没有用到它反倒觉得有点遗憾。

“在我蹲下身体准备进门时，脑海里闪过一个念头。我确信，至少这一次，我摸清了莫洛克人的心思。我好不容易忍住不笑出声来。我走进铜门，来到时间机器前。我惊奇地发现，机器被仔细地上过油，清洗过。我怀疑莫洛克人甚至部分拆开过这台机器，懵懵懂懂地试图了解机器的用途。

“我站在那里仔细检查这台机器，连摸一下都感觉是一种乐趣，这时，我预想中的事情发生了。铜门突然升了起来，‘咣’的一声关上了。我被困在了黑暗中——至少莫洛克人是那样想的。想到这儿我暗自笑了。

“在他们靠近我时，我已经能够听到他们在窃窃笑着。我打算不慌不忙地划根火柴，搞定那些操纵杆，然后像幽灵一样离去。但是我忽略了一件事：那种烂火柴只能在火柴盒上才能划亮！

“你们可以想象，我的沉着冷静是怎么冰消瓦解的。那些野蛮人已经离我很近了，其中一个触摸到了我。黑暗中，我用操纵杆向他们扫过去，然后爬向时间机器的鞍座。接着，一只手抓住了我，然后又有一只。我不得不持续不断地打退他们抢夺操纵杆的手，同时摸索着装在这些操纵杆上的螺栓。他们确实差点儿抢走了操纵杆。操纵杆从我手里滑落的时候，我不得不在黑暗中用头去撞他们。黑暗中，我听到莫洛克人的脑壳叮咚作响。我觉得这场最后的抢夺比在树林里的搏斗还要惊险。

“后来操纵杆终于搞好，并且推到位了。那些缠着我的手也滑落了。黑暗猛然间消失了。我发现自己又处在我之前描述过的灰色光线和喧嚣之中。”

第十四章
未来的景象

“我已经和大家说过时间旅行带来的不适与混乱。而且这次由于我没在鞍座上坐稳，身体倒向一侧，因此很不稳定。有好长一段时间我紧紧抓牢机器，随它摇晃、震动，根本没有注意到我在去往何方。当我再次看到刻度盘时，不由得大吃一惊。刻度盘上一个指针指示日数，一个指针指示千日数，一个指针指示百万日数，还有一个指针指示十亿日数。我恍然意识到，我刚刚非但没有往回倒操纵杆，反而把操纵杆推到前进的位置。当看到指针时，我发现代表千日数的指针在像手表的秒针一样晃动，指向未来。

“随着我不断朝前进，事物外表发生了奇怪的变化。闪动着的灰色变得更加暗淡了。虽然我仍以较快的速度前进，但昼夜的交替又恢复了，且变得越来越明显，通常这表示行驶速度变慢了。一开始，这让我很迷惑。昼夜的交替变得越来越慢，太阳划过天空也如此，到了后来仿佛需要经历几个世纪一般。暮色终于平稳地降临了，偶有彗星不时地划破黑暗的夜空。太阳的光带早已消失，因为太阳已经不再落到地平线下，它只是在西边升起、落下，而且变得更大更红。月亮早已不知所踪，星星的运动也变得越来越慢，成为一个个蠕动着的光点。终于，在我停下来之前，那个又红又大的太阳停在了地平线上空，像一个巨大的穹顶，有气无力地散发着热量，还不时地短暂熄灭。太阳一会儿发出灿烂的光芒，一会儿又回到没精打采的红色。依据这个慢腾腾的日出和日落判断，潮汐的引力已发挥作用。地球已经不再转动了，只有固定的一面对着太阳，就像在我们的时代，月亮只有一面对着地球一样。因为我还记得之前的仓促降落，这次我很小心地调整姿势。那些指针越走越慢，直到那根千日数指针好像一动不动，刻盘上那根日数指针也不再显得雾蒙蒙的一片了。机器不断减速，直到一个荒芜的海滩轮廓依稀可见。

“我轻轻地停下来，坐在时间机器里，朝四周打量。天空不再蓝了，东北方向的天空黑得像墨水。透过这黑色的天空，一些苍白的星星不停地闪着明亮的光。头顶上空呈现出深印度红，暗无星光，东南方向天空发亮，散发着深红色的光，太阳被地平线一分为二，其巨大的轮廓挂在那里，红红的，一动不动。我周边的岩石呈现出那种刺眼的红色。起初唯一能看到的生命迹象就是那种碧绿的植被，覆盖在东南面每一个凸出的尖角上。这种绿色与人们在森林中看到的青苔或者在洞穴里看到的地衣一样，这类植物在暮色中永恒地生长着。

“我把时间机器停在一片倾斜的海滩上。大海朝西南方向延伸，在苍白的天空下升腾成一条明亮的地平线。没有浪花，没有海浪，因为一丝风也没有。只有微微起伏的浪，像呼吸一样，一起一落，显示出这永恒的大海仍在涌动，仍然富有生命力。在海水的冲刷下，海岸形成了一条厚厚的盐层，在火红的天空下呈现出粉红色。我的头有一种压迫感，呼吸也变得急促起来，这让我想起了我唯一的一次登山经历。我猜想那里的空气要比我们这个时代稀薄得多。

“远处荒芜的斜坡上传来一声尖叫，我看到一只像巨型白色蝴蝶一样的东西在斜着行走，然后拍着翅膀飞向天空，打了几个转后消失在远处小山丘的另一边。它发出的声音极其凄凉，让我浑身发颤，死死地坐在机器里。我再次打量四周，看到近处有一个红色的岩石在朝我移动。后来我定睛细看，发现那是一只像螃蟹一样的怪物。怪物大得像那边的桌子，正用许多条腿在慢慢地、踉踉跄跄地移动，大钳子摇晃着，长长的触角就像马车夫的鞭子，挥舞着，触探着，两边金属般的外壳上凸出的眼睛发着光。你们能想象这样的情景吗?它的背部凹凸不平，长着难看的瘤子，到处都是绿色的斑点。在爬行的同时，它结构复杂的嘴巴上的触须在摇曳、触探。

“就在我盯着这个怪物朝我爬来时，我的脸开始发痒，好像有一只苍蝇停在上面。我想将其撣走，但不一会儿它又回来了，而且很快又来了一只，停在我耳边。我拍打过去，抓住了一个像线一样的东西，它很快从我手里溜了出去。我疑虑不安地转过身，看到自己抓住了另一只魔鬼螃蟹的触角!它就站在我身后!凶恶的眼睛在肉茎上蠕动着，一副垂涎欲滴的样子，巨大丑陋的钳子满是海藻烂泥，正朝我扑来。我立刻抓住操纵杆，飞往和这些怪物相距一个月的时空，但还是在同一片海滩上。我一停下来，便又能真切地看到它们。在昏暗的光线里，在浓密的绿色树叶中，有十几个这样的怪物在四处爬动。

“我无法表达笼罩在世界上的孤寂之感。东方红红的天空，黑漆漆的北边，咸咸的死海，硬邦邦的海滩到处爬动着这些肮脏不堪的怪物，清一色看上去有毒的绿色地衣植物，还有伤人心肺的稀薄空气，这一切都令人毛骨悚然。我又向前移动了一百年，那里同样是红红的太阳——更大一些，更加晦暗——同样的死海，同样冷飕飕的空气，同样一大群甲壳动物在绿色杂草和红色岩石间爬进爬出。在西边的天空中，我看到了一条苍白的曲线，犹如一轮巨大的新月。

“我就这样旅行着，走走停停，迈着千年甚至更大的步伐，受到地球命运之谜的牵引，惊奇地看着西边天空的太阳变大变暗，古老地球上的生命慢慢消逝。三千万年之后，这个巨大的红色火球差不多遮蔽了十分之一的昏暗天空。我又一次停了下来，因为那群爬行的螃蟹已经消失了，除了青灰色的苔类植物和地衣植物，红色海滩上已经毫无生机。而现在，海滩上到处都是白色斑点。刺骨的寒意向我袭来。稀稀落落的白色雪花不时地飘下来。东北方向，雪在昏暗天空星光的照射下，发出耀眼的光，我可以看到起伏的山丘上一片粉白。海边结着一些冰凌，大块的冰则向远处飘去，但是大部分海面仍没有结冰，在永恒的落日照耀下血红血红的。

“我打量一下四周，看看是否还有活着的动物的迹象。一种不可名状的恐惧让我待在时间机器的鞍座上。但是无论在地上、在天空，还是在海上，我都没有看到任何活动的东西。岩石上绿色的淤泥表明生命没有绝迹。海里出现了一道浅浅的沙丘，海水已从海滩退去。我隐约看到一个黑色物体在那个沙丘附近扑打，但当我朝它看时，它又不动了。想必是我看走了眼，而那个黑色物体仅仅是一块岩石。天上的星星异常明亮，只是在我看来好像并没有闪烁。

“我突然注意到西边太阳那个圆圆的轮廓发生了变化，

上面出现了一个缺口，而且这个缺口在变大。足足有一分钟时间，我呆呆地盯着这个黑团，它正慢慢吞噬白昼。然后我意识到，日食开始了。可能是月亮或是水星正从地球和太阳之间穿过。起先我自然认为这是月亮，但是有足够的事实让我相信，我真正看到的是一颗内行星，此时正擦着地球而过。

“黑暗正迅速来临，冷风也从东面开始一阵阵刮来，空中飘着的雪花越来越密。从海边传来一阵浪声、一阵沙沙声。除了这些毫无生命迹象的声音外，世界显得静悄悄的。这种死寂之感真是难以言表。人类所有的声音——绵羊的叫声、鸟的叫声、虫的嗡嗡声以及构成我们生活背景的骚动，所有这一切都过去了。黑暗越来越浓，旋转着的雪花越来越密集，在我眼前飞舞，空气也变得更加寒冷。最后，远处白色的山峰接二连三地快速消失在黑暗中。微风变成了呼啸的狂风。我看到日食中心的黑团正向我横扫过来。不一会儿，只能看见苍白的星星了，其他一切则暗无天日。天空一片漆黑。

“这茫茫黑暗令我深感恐惧。刺骨的寒冷、呼吸时的疼痛将我压垮。我打着寒战，感到极度恶心。这时，太阳的边缘如同天空中一张红彤彤的弓一样冒了出来。我走下机器，让自己缓缓神。我的头晕晕的，感到无法面对回去的旅途。我病恹恹地站着，茫然不知所措，这时又看到浅滩上那个活动的东西——是的，那是个会动的东西，这回没有看错——

由红色海水映衬着。那是个圆圆的东西，大约足球那么大，或许还要大一点，上面还有触角垂下来。在翻滚的血红色海水映衬下，那东西看上去是黑色的。它不时地四处跳动。那时我知道自己要晕倒了。但是，我不想孤立无援地躺在那样一个遥远、可怕的暮色中，这种恐惧让我硬撑着爬回机器座位上。”

第十五章 时间旅行者的归来

“我就这样回来了。有很长一段时间，我在时间机器里一定失去了知觉。日夜的交替又恢复了，太阳也变成金色的了，天空也蓝了，我也可以更加自由地呼吸了。起伏的大地此消彼长。刻度盘上的指针向后转着。我终于又看到了房屋模糊的影子、人类衰落的迹象。接着这些也变了，一闪而过，又出现了其他景物。当百万日数指针停在零的位置时，我放慢了速度。我开始认出我们自己建造的、熟悉的小建筑，那根千日数指针又回到了起点，日夜的交替变得越来越慢。之后，实验室的旧墙出现在我身边。这一次我轻轻地让机器慢了下来。

“我注意到一桩小小的怪事。我想我已经和你们说过，在我出发时，在我提速前，沃切特夫人已走过房间，在我看来其速度如火箭。我回来的时候，又经历了那个时刻：这次她穿过了实验室。但是她现在的每一个动作刚好与之前的倒过来。较低处一扇门开了，她飘飘然进了实验室，是后退着走的，消失在她进入的那扇门里。就在这之前我好像看到了希利尔，但他也一闪而过。

“接着我停下机器，看看四周，依旧是那个熟悉的实验室，我的工具和仪器还是我离开时的样子。我摇摇晃晃地走下机器，一屁股坐在凳子上。有好几分钟我颤抖得厉害，过了一会儿才平静下来。我又回到了熟悉的工作室，仍是原来的样子。我也许在那里睡着了，而这一切只是一场梦。

“但是并不完全一样！时间机器是从实验室的东南角出发的，而现在停在了西北角，就靠着你们曾经看到的那面墙。这个距离与草坪到白色斯芬克司雕像底座的距离完全相同，莫洛克人曾将机器运到那个底座下。

“有一段时间，我的大脑都停摆了。我立刻站起身，一瘸一拐地走过通道，因为我的后跟还是很痛，浑身上下脏得要命。我看到门边桌子上有一份《蓓尔美街报》。我发现日期就是今天，又看了看时钟，差不多是八点。我听到了你们的声音以及碟子的碰撞声。我犹豫了一下，感觉自己很不舒服，极其虚弱。之后我闻到了肉的香味，随后推开了门。之后的事你们都知道了。我洗漱一下，吃了饭，现在就在给你们讲这个故事了。”

第十六章
故事讲完之后

“我知道，”他停了一下说，“所有这一切对你们来说都是难以置信的。但对我而言，唯一难以置信的是今晚在这间熟悉的房间里，看着你们这些友好的脸，告诉你们这些奇怪的冒险经历。”他看了看医生，“不，我并不指望你们会相信这样的冒险，将它当作谎言或预言吧，或者说是我在实验室做梦梦到的。就当是我在预测我们这个种族的命运，最后才搞出了这么个小说吧。把我对其真实性的强调当作增加趣味的艺术手法吧。如果将其当作故事，你们觉得怎么样？”

他拿起烟斗，按往常的习惯开始在壁炉的栅栏上敲打起来，显得有些不安。一时间，房间里鸦雀无声，然后椅子开始吱吱嘎嘎响起来，还有鞋子在地毯上刮擦的声音。我从时间旅行者身上收回目光，扫视他周围的听众。他们都坐在暗处，一些亮点在他们面前晃动。医生全神贯注地凝视着这位主人，编辑正死死地盯着雪茄烟头——已是第六支了。记者在摸他的手表。其他人，如果我没记错的话，则一动不动。

编辑站起身叹了口气。“真可惜，你不是个作家！”他边说边将手搭到时间旅行者的肩上。

“你不信？”

“嗯——”

“我知道你不会信的。”

时间旅行者转向我们。“火柴在哪？”他划亮了一根，一边抽着烟一边说，“实话说吧，我自己也几乎不信，但是……”

他的目光默默地四处搜索，最后落到小桌子上那些干枯的白花上面。然后，他握着烟斗的手转了过来，我看到他正在看指关节上尚未愈合的伤疤。

医生站起身，来到灯前，查看那些花。“这雌蕊真怪。”他说。心理学家靠过来，伸出手来摸标本。

“我敢断定现在已是差一刻一点了，”记者说，“我们怎么回家呢？”

“车站那里出租马车多得是。”心理学家说。

“这东西挺稀奇，”医生说，“但我确实不知道这些花属于哪一目。我可以带走这些花吗？”

时间旅行者犹豫了一下，然后突然说：“当然不行。”

“你是从哪儿弄到的？”医生问。

时间旅行者将手放到头上。他说话的方式，像要抓牢一个随时会逃脱的念头似的。“它们是我旅行到未来时韦娜放到我口袋里的。”他仔细地打量着房间，“我发誓这一切都是真的。这个房间、你们，以及每天的氛围，我已经记不得这么多了。我真的造过一台时间机器吗？或者说只是个时间机器的模型？还是说这一切只是一场梦？他们说生活就是一场梦，有时是噩梦，但是我无法忍受再来一场这样的梦了。那太疯狂了。这梦是从哪里来的？我必须去看看那台机器，如果真有这样一台机器的话！”

他快速抓起那盏灯，穿过门来到走廊，灯发着红光。我们跟在他后面。在灯光的闪烁中确实有一台机器躺在那里，样子丑陋，还歪歪斜斜的。那是一个由铜、乌木、象牙以及半透明、发着微光的石英制造的东西。我伸出手摸了摸机器的杠杆，感觉很结实。象牙上有斑点和污渍，机器下部有青草和青苔，一根杠杆弯曲了。

时间旅行者把灯放到凳子上，用手抚摸着弯曲的杠杆。“现在好了，”他说，“我给你们讲的故事是真的。我很抱歉，将你们带到这么冷的地方。”他拿起那盏灯，我们默默地回到了吸烟室。

他和大家一起来到大厅，还帮编辑套上大衣。医生盯着他的脸，用迟疑的语气说他劳累过度了，听到这个他开怀大笑。我记得他站在敞开的门口，大声向我们道晚安。

我和编辑搭了同一辆出租马车。他认为那故事是个“美丽的谎言”。但就我而言，还无法下定论。故事既精彩绝伦，又荒诞不经，而他讲述时却又那么言之凿凿、从容不迫。我一整晚都未合眼，一直想着这件事。我决定第二天再去见时间旅行者。有人告诉我他在实验室。与那儿的人熟了，我便直接向实验室走过去，但他并没有在那儿。我盯着那台时间机器看了有一分钟，伸出手触摸了一下操纵杆。那个矮墩墩的庞然大物在触摸之下像树枝被风吹了一样摇晃起来。机器的不稳定性让我大吃一惊。这让我想起孩提时代常常被禁止胡乱捣弄的往事。我穿过走廊回到原地。时间旅行者正在吸烟室等我，他是从家里过来的。他一只手臂夹了一台小相机，另一只手拿了个背包。见到我他笑了，伸出一个胳膊肘跟我握手。“我忙得要死，”他说，“拜那东西所赐。”

“难道这不是个恶作剧？”我说，“你真的做时间旅行了？”

“当然是真的。”他坦率地看着我，犹豫了一下，目光扫向房间四周。“我只需要半个小时，”他说，“我知道你为什么而来，你这个人真不错。这里有些杂志。如果你留下来吃午饭，这次我会彻彻底底地给你证明时间旅行、标本还有其他一切。现在你能原谅我离开一会儿吗？”

我同意留下来，但没有明白他说的这些话的全部意义。他点了点头，继续沿着走廊往前走。我听到实验室的门“砰”的一声关上了，便在一张椅子上坐了下来，拿起了一份日报。午饭前他准备做什么呢？这时我在报纸上看到一条广告，才突然想起下午两点要见出版商理查森。我看了看手表，发现快赶不上约会了。我站起身，穿过过道，想去告诉时间旅行者一声。

在我抓住门把手时，听到里面传出一声大叫，后又戛然而止，然后是“咔嗒、砰”的声音。我打开门时一股气流朝我袭来，里面传出玻璃掉落到地上摔碎的声音。时间旅行者不在那儿。我好像看到一个模糊的鬼一样的人影坐在旋转着的黑团和铜色当中。那是一个近乎透明的人影，它后面凳子上的一张张图纸都看得十分清晰。但是当我揉眼睛时，这个幽灵消失了。时间机器也不见了。除了一些灰尘，实验室那一端空空荡荡的。一块天窗玻璃刚刚被震落了下来。

我的惊讶简直难以形容。我知道一定发生了什么奇怪的事，但一时间又无法确定究竟是什么。在我这么呆呆地盯着时，通往花园的门开了，那位男佣出现了。

我们相互对视着，之后各种念头纷至沓来。“先生从那儿出去了？”我说。

“没有，先生。没人从这儿出去过。我还指望在这里找到他呢。”

此刻，我终于明白了。冒着让理查森失望的风险，我留了下来，等待时间旅行者，等待第二个或许更加荒诞的故事，还有他带回来的标本和照片。但是我现在开始担心，这恐怕要等一辈子了。大家都知道，时间旅行者是三年前消失的，他再也没有回来过。

尾声

我们别无选择，只有这么想：他还会回来吗？也许他回到了过去，落入旧石器时代那些茹毛饮血、满身长毛的野人群里，跌入白垩纪时代大海的深处，或者跌入奇形怪状的蜥蜴——那些侏罗纪时代的爬行野兽中间。如果我能用“现在”这个词的话，他现在甚至正游荡在项颈龙盘踞的鲕粒岩珊瑚礁中，或者在孤独的三叠纪盐海边徜徉。又或者他有没有往前走，进入一个更近的时代呢？在那个时代，人还是人，我们这个时代的谜已经解开，恼人的问题得到了解答。或者他进入了人类的成熟期，因为在我看来，近来这些不可靠的实验、支离破碎的理论以及彼此的不调和并不意味着人类已到达最高峰！当然，这只是我的个人见解。我知道这个问题在时间机器被制造出来之前已经讨论许久了。他郁郁寡欢地想到了人类的进步，并且看到文明的不断积累只是一种愚蠢的堆积，最终会不可避免地倒退并毁灭它的创造者。如果真的是这样，我们得自欺欺人，生活得若无其事。但对我来说，未来仍然黑暗、渺茫，是一个完全的未知数，只是偶尔有些地方因他讲述的故事而被照亮。然而，令人欣慰的是，我身边还有两朵奇异的白花，虽已枯萎发黄、了无生机、一碰即碎，但它们却证明了，即便智慧与体力已经消失，感恩以及相互的柔情仍然活在人们的心里。

H.G. 威尔斯年表

1866 年　9 月 21 日，出生于伦敦肯特郡布罗姆利。

1874 年　进入布罗姆利学院读小学。

1880 年　在温莎一家布店做了一个月的学徒工。

在萨默塞特一所乡村学校担任很短一段时间的小学老师。

1881 年　在米德赫斯特给一名药剂师当学徒。

在米德赫斯特语法学校学习。

在南海镇一个布料市场当学徒。

1883 年　在米德赫斯特语法学校担任小学老师。

拓宽自学范围，开始广泛学习自然科学和政治经济学。

为参加全国理科考试做准备。

1884 年　进入伦敦肯辛顿科学师范学校（皇家科学院的前身）学习，主修由托马斯·赫胥黎授课的生物学和动物学。

1885 年　在夏季考试中获得一等荣誉，再次获得奖学金。

1886 年　很快对主课失去兴趣，而对文学和政治学兴趣倍增。

在威廉·莫里斯家里参加社会主义集会。

撰写有关社会主义的论文并向学校的辩论协会投稿。

创办《科学学派杂志》（*Science Schools Journal*）并担任主编（直至 1887 年 4 月）

1887 年　期末考试地质学不及格，失去奖学金，离开师范学校且未能获得学位。

在北威尔士的霍尔特学院任教。

在一场校内足球比赛中遭到撞击，造成肾破碎和肺出血，被迫从霍尔特学院辞职。

全身心投入写作。

1888 年 在伦敦的亨利豪斯学校任教。

《时空长河中的寻金羊毛者》（*The Chronic Argonauts*）在《科学学派杂志》上连载，这也是《时间机器》（*The Time Machine*）的部分初稿。

1890 年 通过伦敦大学的考试，被授予伦敦大学理学学士学位。

获得生物学一等荣誉和地质学二等荣誉。

被选为动物学协会会员。

被大学函授学院聘为生物学专业学生的助教。

1891 年 第一篇学术论文《独特之物的重新发现》（*The Rediscovery of the Unique*）刊登在《半月评》（*Fortnightly Review*）上。

1893 年 出版《生物学教程》（*Text-Book of Biology*），开始职业记者生涯。

肺出血复发，决定放弃教学工作，专攻写作。

开始在伦敦各类刊物上发表短篇故事、小说、剧评以及各类主题的文章。

1894 年 《国家观察家》（*National Observer*）刊登其七篇连载（3 月至 6 月），后整编为作品《时间机器》。

1895 年 《时间机器》在《新评论》（*New Review*）上连载（1 月至 5 月）。5 月，海尼曼公司（Heinemann）将该书出版发行。

出版短篇小说集《与一位大叔的对话选段》（*Select Conversation with an Uncle*）和《失窃的细菌与其他事件》

（*The Stolen Bacillus and Other Incidents*）以及小说《神奇之旅》（*The Wonderful Visit*）。

1896 年　出版第二部科幻小说《莫罗博士岛》（*The Island of Dr. Moreau*）以及家庭小说《机会之轮》（*The Wheels of Chance*）。

1897 年　与阿诺德·本涅特开始了长达一生的通信。

出版《隐身人》（*The Invisible Man*）、《普拉特纳的故事和其他》（*The Plattner and Others*）、《三十个奇怪的故事》（*Thirty Strange Stories*）、《水晶蛋》（*The Crystal Egg*）、《星》（*The Star*）和《某些个人私事》（*Certain Personal Matters*）。

1898 年　见到亨利·詹姆斯、约瑟夫·康拉德、福特·马多克斯·休弗（后称为福特）以及史蒂芬·克雷恩。

出版《世界大战》（*The War of the Worlds*）。

1899 年　出版《昏睡百年》（*When the Sleeper Wakes*）和《时空传说》（*Tales of Space and Time*）。

1900 年　出版《爱情和鲁雅轩》（*Love and Mr. Lewisham*）。

1901 年　出版《月球上的第一批来客》（*The First Men in the Moon*）和社会学著作《预期》（*Anticipations*）。

1902 年　应邀在皇家科学研究所演讲。

出版小说《海上女王》（*The Sea Lady*）和非小说类作品《发现未来》（*The Discovery of the Future*）。

1903 年　加入社会主义团体费边社。

参加了名为“系数”的讨论组。

与乔治·萧伯纳、西德尼·韦博和碧翠斯·韦博兄妹以及弗农·李成为好友。

出版《十二个故事和一场梦》（*Twelve Stories and a*

Dream）和非小说类作品《制造人类》（*Mankind in the Making*）。

1904 年　出版科幻小说《神食》（*The Food of the Gods and How It Came to Earth*）。

1905 年　出版小说《现代乌托邦》（*A Modern Utopia*）和《基普斯》（*Kipps*）。

1906 年　赴美国巡回演讲，见到西奥多·罗斯福、马克西姆·高尔基和布克·T. 华盛顿。

出版科幻小说《彗星来临》（*In the Days of the Comet*）以及非小说类作品《美国的未来》（*The Future in America*）、《社会主义与家庭》（*Socialism and theFamily*）。

1908 年　与萧伯纳和韦博兄妹产生分歧并因此离开费边社。

出版科幻小说《大空战》（*The War in the Air*）以及非小说类作品《新世界》（*New Worlds for Old*）、《一劳永逸的事物》（*First and Last Things*）。

1909 年　出版小说《托诺·邦盖》（*Tono-Bungay*）、《安·维罗妮卡》（*Ann Veronica*）。

1910 年　出版《波利先生的故事》（*The History of Mr. Polly*）。

1911 年　出版短篇小说集《盲人乡及其他故事》（*The Country of the Blind and Other Stories*）、《墙上之门及其他故事》（*The Door in the Wall and Other Stories*）、小说《新马基雅维利》（*The New Machiavelli*）和非小说类作品《地面游戏》（*Floor Games*）。

1912 年　出版小说《婚姻》（*Marriage*）和非小说类作品《伟大的国家》（*The Great State*）、《威尔斯的伟大思想》（*Great Thoughts From H. G. Wells*）、《威尔斯的思想》（*Thoughts From H. G. Wells*）。

1913 年　出版小说《感情热烈的朋友》（*The Passionate Friends*）和非小说类作品《小型战争》（*Little Wars*）。

1914 年　访问俄国。

出版小说《获得自由的世界》(*The World Set Free*) 和《哈曼先生的妻子》（*The Wife of Sir Isaac Harman*）以及非小说类作品《一个英国人看世界》（*An Englishman Looks at the World*）、《结束战争的战争》（*The War That Will End War*）。

1915 年　出版小说《比尔比》（*Bealby*）、《辉煌的研究》（*The Research Magnificent*）以及非小说类作品《世界的和平》（*The Peace of the World*）、《战争与社会主义》（*The War and Socialism*）。

1916 年　出版以第一次世界大战为主题的小说《布特林先生看穿了它》（*Mr. Britling Sees It Through*）以及非小说类作品《世界将要发生什么？》（*What Is Coming*？）和《重建的要素》（*The Elements of Reconstruction*）。

1917 年　暂短的宗教信仰经历促成了小说《一位主教的心灵》（*The Soul of a Bishop*）和非小说类作品《上帝是看不见的王》（*God the Invisible King*）的出版。

1918 年　受聘于英国信息部，从事战争宣传工作。

加入国际联盟筹建委员会。

出版《第四年：展望世界和平》（*In the Fourth Year: Anticipations of World Peace*）和《英国民族主义与国际联盟》（*British Nationalism and the League of Nations*）。

1919 年　出版小说《不灭的火焰》（*The Undying Fire*）。

1920 年　出访俄国，见到列宁、托洛茨基、高尔基、莫拉·巴德勃格。

出版《阴影下的俄国》（*Russia in the Shadows*）以及广受好评的畅销书《世界史纲》（*Outline of History*）。

1921 年 访问美国，参加在华盛顿召开的世界裁军大会。

出版《新历史教学》（*The New Teaching of History*）。

1922 年 出版《世界简史》（*A Short History of the World*）和《世界史纲》（*Outline of History*）修订版。

出版《华盛顿与和平的希望》（*Washington and the Hope of Peace*）以及小说《心脏的密所》（*The Secret Places of the Heart*）。

加入劳工党，竞选国会议员失败。

1923 年 竞选国会议员再次失败。

出版小说《神秘世界的人》（*Men Like Gods*）和《梦想》（*The Dream*）、非小说类作品《社会主义与科学动机》（*Socialism and the Scientific Motive*）、《劳工的教育理想》（*The Labour Ideal of Education*）以及传记《一个伟大校长的故事》（*The Story of a Great Schoolmaster*）。

1924 年 《大西洋月刊》（*The Atlantic*）出版《威尔斯作品集》（*The Works of H. G. Wells*）。

1925 年 出版小说《克里斯蒂娜·阿尔贝塔的父亲》（*Christina Alberta's Father*）和非小说类作品《世界事务预测》（*Forecast of the World's Affairs*）。

1926 年 与天主教作家希莱尔·贝洛克就《世界史纲》（*Outline of History*）发生争论。

出版小说《威廉·克里索尔德的世界》（*The World of William Clissold*）。

1927 年 出版《威尔斯短篇小说集》（*The Short Stories of H. G. Wells*）以及小说《与此同时》（*Meanwhile*）和非小说类作品《遭到修正的民主》（*Democracy under Revision*）。

1928 年　出版《凯瑟琳·威尔斯之书》（*The Book of Catherine Wells*）。

出版小说《布莱沃锡先生在兰波岛》（*Mr. Blettworthy on Rampole Island*）以及非小说类作品《世界的走向》（*The Way the World is Going*）、《公开的密谋》（*The Open Conspiracy*）。

1929 年　在德国议会发表演讲，演讲内容被整理成《世界和平的共识》（*The Common-Sense of World Peace*）并出版。

出版了电影剧本《曾是国王的国王》（*The King Who Was a King*）和儿童读物《托米历险记》（*The Adventures of Tommy*）。

1930 年　与其儿子 G.P. 威尔斯以及朱利安·赫胥黎共同出版教科书《生命的科学》（*The Science of Life*）。

出版小说《帕尔厄姆先生的独裁》（*The Autocracy of Mr. Parham*）和非小说类作品《通往世界和平之路》（*The Way to World Peace*）。

1932 年　出版小说《伯尔平顿沦落记》（*The Bulpington of Blup*）、教科书《劳动、财富与人类的幸福》（*The Work, Wealth, and Happiness of Mankind*）和非小说类作品《民主之后》（*After Democracy*）。

1933 年　出版《科幻小说集》（*Scientific Romances*），收录了其七部最受欢迎的作品。

出版小说《未来世界》（*The Shape of Things to Come*）。

担任国际笔会主席。

1934 年　出访苏联和美国，见到约瑟夫·斯大林和富兰克林·罗斯福。

出版《威尔斯自传》（*Experiment in Autobiography*）。

1935 年　与导演亚历山大·柯达合作，制作电影版《未来世界》（*The Shape of Things to Come*），1936 年以《笃定发生》（*Things to Come*）之名发行上映。

1936 年　出版非小说类作品《剖析挫折》（*The Anatomy of Frustration*）和《世界百科全书的设想》（*The Idea of a World Encyclopedia*），小说《槌球手》（*The Croquet Player*）和剧本《创造奇迹的人》（*The Man Who Could Work Miracles*）。

1937 年　担任英国科学促进会 L 分会主席。

出版小说《新人来自火星》（*Star Begotten*）、《布林希尔德》（*Brynhild*）、《剑津之旅》（*The Camford Visitation*）。

1938 年　出版小说《兄弟》（*The Brothers*）、《关于多洛雷斯》（*Apropos of Dolores*）和非小说类作品《世界的大脑》（*World Brain*）。

开始澳大利亚巡回演讲之旅。

1939 年　出版小说《神圣的恐惧》（*The Holy Terror*）和非小说类作品《一位共和激进分子的寻找激流之旅》（*Travels of a Republican Radical in Search of Hot Water*）、《人类的命运》（*The Fate of Homo Sapiens*）、《新世界秩序》（*The New World Order*）。

1940 年　赴美进行巡回演讲。

出版非小说类作品《人的权利》（*The Rights of Man*）、《战争与和平的共识》（*The Common Sense of War and Peace*）、《两个半球还是一个世界？》（*Two Hemispheres or One World?*），以及小说《黑暗树林中的婴孩》（*Babes in the Darkling Wood*）、《驶向阿勒山》（*All Aboard for Ararat*）。

1941 年　出版最后一部小说《小心驶得万年船》（*You Can't Be Too Careful*）以及另一部作品《新世界指南》（*Guide to the New World*）。

1942 年　出版《科学与世界思想》（*Science and the World Mind*）、《征服时间》（*The Conquest of Time*）和《菲尼克斯》（*Phoenix*）。

发表题为《论幻觉在高等后生动物个体生命延续中的特质——兼论智人类》（*On the Quality of Illusion in the Continuity of Individual Life in the Higher Metazoa, with Particular Reference to the Species Homo Sapiens*）的动物学博士论文。

1943 年　被授予博士学位。

出版《克鲁克斯·安萨塔》（*Crux Ansata*）。

1944 年　出版 1942—1944 年的论文集。

1945 年　出版最后两部书《穷途末路的心灵》（*Mind at the End of Its Tether*）和《快乐的转折》（*The Happy Turning*）。

1946 年　8 月 13 日，在伦敦的家中去世。